Un cambio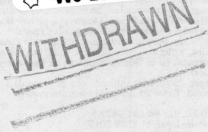
Sarah

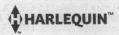

Editado por Harlequin Ibérica.
Una división de HarperCollins Ibérica, S.A.
Núñez de Balboa, 56
28001 Madrid

I.S.B.N.: 978-84-687-9477-8
Depósito legal: M-3389-2017
Impresión en CPI (Barcelona)
Fecha impresion para Argentina: 2.10.17
Distribuidor exclusivo para España: LOGISTA
Distribuidores para México: CODIPLYRSA y Despacho Flores
Distribuidores para Argentina: Interior, DGP, S.A. Alvarado 2118.
Cap. Fed./Buenos Aires y Gran Buenos Aires, VACCARO HNOS.

Capítulo Uno

El auditorio de la universidad estaba llenándose, y eso era exactamente lo que quería Trish Hunter. Debía de haber ya unas cuatrocientas personas en el piso de abajo, además de los reporteros de distintos periódicos y los cámaras de un par de cadenas de televisión locales de San Francisco. Estupendo, un público numeroso haría que su objetivo, Nate Longmire, se sintiese presionado. Ningún multimillonario se arriesgaría a parecer un tipo sin corazón negando ante tanta gente una donación a una causa benéfica.

Había llegado temprano a propósito, para que nadie la viera entrar con el cheque del premio, y llevaba casi una hora en su asiento, en la tercera fila, junto al pasillo. La espera se le había hecho eterna.

Estaba preparada; solo tenía que esperar el momento adecuado. Tenderle una emboscada a uno de los hombres más ricos del planeta requería una planificación precisa, y ella había planificado cuidadosamente hasta el más mínimo detalle, como su camiseta, un hallazgo que había conseguido en una tienda de segunda mano: una camiseta azul con el nombre de una superheroína de cómic en grandes letras, Wonder Woman. Le quedaba algo pequeña, pero como llevaba encima la chaqueta de terciopelo negra no se notaba demasiado.

El auditorio seguía llenándose. Todo el mundo

3

quería asistir a la conferencia de Longmire, el último magnate informático salido de Silicon Valley. Trish había recabado información sobre él en Internet: tenía veintiocho años, así que no era exactamente un pipiolo, como daba a entender la prensa con el sobrenombre que le habían puesto de «el chico multimillonario». Y por las fotos que había visto de él era evidente que era un hombre hecho y derecho de un metro noventa y complexión atlética. Y era bastante guapo, además. Y estaba soltero. Pero eso era irrelevante, porque el plan no era tirarle los tejos. El plan era arrinconarlo y hacer que se sintiera obligado a hacer una donación.

Cuando por fin se atenuaron las luces del auditorio y salió al escenario la presidenta del Consejo de Actividades de Estudiantes con una falda ajustadísima, Trish no pudo evitar resoplar y poner los ojos en blanco.

–Bienvenidos a este simposio de la Universidad Estatal de San Francisco. Mi nombre es Jennifer McElwain y soy la presidenta del...

Trish desconectó mientras Jennifer elogiaba la «larga tradición» de actos culturales de los que se «enorgullecía» la universidad y a los «distinguidos conferenciantes» que la habían visitado. Paseó la vista por el público. Una buena parte eran alumnas, como ella, solo que más arregladas, además de maquilladas y bien peinadas. Sin duda tenían más interés en ver en el atractivo y rico orador invitado que en la conferencia en sí.

Al compararse con ellas Trish se sintió, como tantas veces, como un pez fuera del agua. Aquel no era su mundo, aquella universidad repleta de chicas que se vestían a la moda y que se paseaban por el campus con móviles de última generación. Chicas que se divertían y no tenían que preocuparse por un embarazo no deseado, y mucho menos de cómo se las apañarían para alimentar al bebé.

Su mundo era un mundo de pobreza, una sucesión interminable de embarazos que nadie había planeado, de bebés que a nadie le importaban. A nadie, excepto a ella.

Sí, se sentía como una extraña, y aunque llevaba cinco años en la universidad, aunque estaba en su último año de carrera y pronto obtendría la licenciatura en Trabajo Social, no podía olvidar ni por un instante que aquel no era su mundo.

—Y por eso… —estaba diciendo Jennifer—, estamos encantados de tener con nosotros esta noche al creador de SnAppShot, el señor Nate Longmire, que nos hablará del compromiso social en las empresas y la campaña The Giving Pledge. Recibámosle con un fuerte aplauso.

El público se puso de pie y empezó a aplaudir mientras Longmire salía al escenario. Mientras aplaudía con los demás, Trish lo siguió con la mirada, boquiabierta. Ninguna de las fotografías que había visto de él le hacía justicia.

En persona no eran solo su altura y sus anchos hombros lo que llamaban la atención, sino también la elegancia de sus movimientos, casi felina. Llevaba vaqueros y botas, lo que le daba un aire desenfadado, pero los había combinado con una camisa blanca de puño doble, un suéter morado y una corbata de rayas anudada con esmero. La barba, corta pero desaliñada, y las gafas de carey que lucía le daban un aire de cerebrito.

Longmire se detuvo en el centro del escenario, y cuando se volvió hacia el público a Trish le pareció algo azorado por los aplausos, como si se sintiese incómodo siendo el centro de atención.

–Gracias –dijo, haciendo un gesto con sus manos para que se sentaran–. Buenas noches a todos –se sentó en un taburete que le habían preparado, y detrás de él bajó una pantalla en la que comenzaron a proyectar una presentación–. La tecnología tiene un enorme poder de transformación –comenzó a decir mientras en la pantalla aparecían imágenes de atractivos hombres y mujeres usando tabletas y *smartphones*–. La comunicación instantánea tiene el poder de derribar gobiernos y remodelar sociedades a una velocidad que nuestros antecesores, Steve Jobs y Bill Gates, únicamente soñaron.

Aquella broma hizo reír al público, y Longmire esbozó una sonrisa algo forzada. Trish lo estudió mientras continuaba hablando. Era evidente que había memorizado su disertación, y cuando el público reaccionaba de una manera u otra se quedaba algo cortado, como si fuese incapaz de salirse del guion. Y eso era estupendo para ella, porque lo convertía en la clase de persona que no sabría rehusar cuando le pidiese de improviso que donase a su asociación.

–Estamos en la cúspide de la revolución tecnológica –estaba diciendo Longmire–. Tenemos ese poder en la palma de la mano veinticuatros horas al día, siete días a la semana –hizo una pausa para tomar un trago de su botella de agua y se aclaró la garganta–. El problema es la falta de igualdad. ¿Cómo podemos hablar de una comunicación global cuando hay personas que no tienen acceso a esa tecnología?

En la pantalla que tenía detrás se mostraron imágenes de tribus de África, las favelas de Brasil, de…

¡Vaya! ¿Podía ser que esa foto fuera de…? No, no era de su reserva, Pine Ridge, pero podría haber sido tomada en la de Rosebud, otra reserva india de Dakota del Sur, pensó antes de que la imagen diera paso a otra.

La fotografía solo había aparecido cinco segundos, y la irritaba que se hubiera relegado a toda la gente de color a la parte de la charla que trataba de la pobreza, pero era un punto a su favor que reconociera la penosa situación de las reservas indias.

–Tenemos la responsabilidad de usar ese poder –continuó diciendo Longmire– para mejorar la calidad de vida de nuestros semejantes…

Siguió hablando durante cuarenta y cinco minutos, pidiendo al público que mirara más allá, que tuvieran conciencia de los problemas que les estaba exponiendo.

–Ayúdennos a hacer accesible la tecnología a todo el mundo –les dijo–. Hay sitios, por ejemplo, donde no hay electricidad, donde no hay enchufes, sí, pero los portátiles con baterías cargadas por luz solar pueden sacar de la pobreza a los niños de esos lugares. Y todo empieza por nosotros –dirigió una sonrisa al público y concluyó diciendo–: No podemos defraudar a esas personas. Todo depende de nosotros.

La pantalla detrás de él cambió al logotipo de la Fundación Longmire con la dirección de su página web y su indicativo de Twitter. El público se puso en pie y prorrumpió en una prolongada ovación, durante la cual Longmire, que también se había levantado de su banqueta, permaneció allí plantado, vergonzoso, agradeciendo los aplausos con un repetido asentimiento de cabeza.

Jennifer volvió a salir al escenario y le agradeció su

«interesantísima y brillante» charla antes de volverse hacia el público.

–El señor Longmire ha accedido amablemente a contestar algunas preguntas –dijo–. Por favor, quienes quieran formularle alguna, que formen una fila en el pasillo del patio de butacas que tengan más cerca. Hemos colocado dos micrófonos al frente –añadió señalándolos.

Era esencial que eligiera bien el momento adecuado, se dijo Trish. No quería ponerse la primera en la fila, pero tampoco quería esperar a que los reporteros empezasen a recoger sus cosas para irse.

Había unos diez estudiantes esperando su turno en cada pasillo. En ese momento un chico acababa de preguntar a Longmire cómo había pasado de ser uno de ellos, un estudiante normal y corriente, a hacerse millonario.

–Un día me dije: «¿Qué necesita la gente?». Se trata de encontrar un nicho de mercado –contestó Longmire–. Yo quería una forma de llevar conmigo mis fotos digitales. Adapté una idea sencilla que no solo me hiciera más fácil compartirlas con mis padres, sino que hiciera que ellos pudieran compartirlas a su vez con otras personas. Y eso me llevó después a adaptar la aplicación SnAppShot para que fuera compatible con cualquier dispositivo y plataforma en el mercado. Pero no fue fácil; fueron diez años de duro trabajo. No creáis lo que dice la prensa. En los negocios el éxito no es algo que ocurra de la noche a la mañana.

Trish se fijó en que el estilo que empleaba al contestar era distinto. ¿Quizá porque solo estaba dirigiéndose a una persona? Fuera cual fuera el motivo, las palabras le salían con más fluidez, y hablaba con más convicción. Podría pasarse horas escuchándolo hablar; su tono era casi hipnotizador…

En vez de comportarse como había hecho desde que había salido al escenario, como si estuvieran obligándolo a estar allí, a cada pregunta que le hacían esbozaba una sonrisa astuta y daba una respuesta breve y precisa.

Era la constatación palpable de la reputación que tenía como empresario, la de un hombre seguro de sí mismo y de una inteligencia excepcional. También se decía de él que era implacable en los tribunales con quienes lo soliviantaban. Por ejemplo, al compañero de universidad con el que había empezado a crear la aplicación que lo había hecho rico, SnAppShot, le había dejado sin blanca.

De pronto a Trish le sudaban las manos. Se las pasó por los vaqueros. ¿Y si Longmire le decía que no? Quien nada arriesga, nada gana, se dijo.

Ya solo había un par de estudiantes en la fila del pasillo junto a su asiento. Se levantó, pero se quedó esperando allí su turno, para que no la vieran sacar el enorme cheque del premio, que descansaba en el suelo, a sus pies. Cuando llegara su turno lo agarraría, iría hasta el micrófono y lo levantaría antes de que pudieran detenerla. Iba a funcionar; tenía que funcionar…

La chica que estaba antes de ella en la fila se acercó al micrófono e hizo una pregunta frívola sobre qué le parecía que lo consideraran un *sex symbol*. Trish puso los ojos en blanco. Longmire se puso rojo como un tomate; la pregunta lo había descolocado. Perfecto.

—Tenemos tiempo para una pregunta más —anunció Jennifer, fijando sus ojos en ella—. Acércate al micrófono y di tu nombre, por favor.

Con un rápido movimiento Trish se agachó y agarró el cheque de cartón duro, que medía más de un metro de largo por uno de alto, y fue hasta el micrófono.

–Señor Longmire –dijo, poniendo el cheque frente a sí como un escudo–, me llamo Trish Hunter y soy la fundadora de Un Niño, un Mundo, una asociación benéfica que proporciona material escolar a los niños desfavorecidos que viven en la reserva india de Pine Ridge, en Dakota del Sur.

Longmire clavó sus ojos negros en ella.

–Una causa admirable. Continúe, señorita Hunter; ¿cuál es su pregunta?

Nerviosa, Trish tragó saliva.

–Recientemente tuve el honor de ser escogida por la revista *Glamour* como una de las diez universitarias más destacadas del año por la labor que llevo a cabo con mi asociación –hizo una pausa y levantó el cheque por encima de su cabeza para que Longmire pudiera verlo–. Ese reconocimiento iba acompañado de este premio de diez mil dólares, que he cedido íntegramente a Un Niño, un Mundo. Ha hablado usted de un modo muy elocuente acerca de cómo la tecnología puede cambiar y mejorar la vida de muchas personas. ¿Estaría usted dispuesto a ayudarnos con una donación por el valor de este cheque para que más niños indios puedan disponer del material escolar que necesitan?

Un silencio ensordecedor inundó el auditorio.

–Creo que este no es el momento ni el lugar, señorita Hunter –dijo Jennifer con aspereza–. La Fundación Longmire dispone de un procedimiento para quienes quieren solicitar…

–Espere –la cortó Longmire, levantando una mano–.

Es cierto que tenemos un procedimiento establecido para solicitar una ayuda –añadió, fijando sus ojos de nuevo en Trish, a quien se le subieron los colores a la cara–, pero admiro lo directa que ha sido. Si le parece bien, señorita Hunter, podríamos hablar de las necesidades de su asociación cuando termine el evento –concluyó, desatando los murmullos del público.

Trish tragó saliva. No era un sí, pero tampoco era un no, y eso era lo importante.

–Se lo agradecería muchísimo –dijo inclinándose hacia el micrófono, con voz algo temblorosa.

–Estupendo. Y traiga con usted ese cheque –dijo él con una sonrisa divertida–. Creo que nunca había visto uno tan grande –comentó, haciendo reír al público.

Jennifer procedió a agradecer su presencia a Longmire, y el auditorio estalló en un sonoro aplauso.

Poco después, tras abrirse paso entre la gente con dificultad, Trish subió los escalones del escenario.

Jennifer le lanzó una mirada despectiva.

–Buena treta –le dijo con retintín.

–¡Gracias! –respondió ella, sin dejarse amilanar.

Seguramente Jennifer tenía pensado algo para camelarse al distinguido invitado después de la conferencia, y le parecía que estaba entrometiéndose en sus planes.

Longmire, que estaba hablando con un par de catedráticos, se despidió de ellos con un apretón de manos y se acercó a ellas.

–¡Ah!, la señorita Hunter, ¿no? –dijo con una sonrisa, plantándose frente a Trish.

Trish medía casi un metro ochenta, pero tuvo que echar la cabeza hacia atrás para poder mirarlo a los ojos.

Asintió embobada.

–Estupendo –dijo él, como si estuviera encantado de verla. Se sacó el móvil del bolsillo del pantalón–. Señorita McElwain, ¿le importaría hacernos una foto a la señorita Hunter y a mí con su cheque?

Justo en ese momento le llegó un mensaje al móvil. Lo leyó con el ceño fruncido y, después de seleccionar la aplicación de la cámara, se lo tendió a Jennifer, que se obligó a esbozar una sonrisa educada.

–Levantemos el cheque para que se vea bien –le indicó a Trish, sosteniéndolo por un extremo con la mano izquierda. Luego le pasó el otro brazo por los hombros y le dijo–: Sonría.

A Trish, que se sentía repentinamente acalorada con él tan cerca, le salió una sonrisa algo forzada.

Jennifer tomó un par de instantáneas y le devolvió el móvil.

–Señor Longmire –le dijo con voz melosa–, ¿nos vamos? Espero que no haya olvidado mi invitación a cenar.

–Vaya… Lo recuerdo, pero creo que debo atender primero la petición de la señorita Hunter –dio un paso a un lado, apartándose de Jennifer–. Llámeme a la oficina e intentaré encontrar un hueco en mi agenda –le dijo. Y, dejándola con la palabra en la boca, se giró sobre los talones y echó a andar–. ¿No viene, señorita Hunter?

Trish miró a la pobre Jennifer, que se había quedado pasmada, y fue a toda prisa tras él con el cheque bajo el brazo.

Capítulo Dos

Nate llevó a Trish a una cafetería cercana para que pudieran hablar y, cuando se acercaron a la barra a pedir, ella insistió en que quería pagar su café. Era tan distinta a las mujeres que había conocido hasta entonces, que lo tenía intrigado.

Se sentaron en una mesa al fondo, y Trish puso el enorme cheque en el suelo, junto a su silla, y lo apoyó en la pared.

—Imagino que ese cheque no es el de verdad, ¿no? —bromeó él, antes de tomar un sorbo de su capuchino.

—No, me dieron un cheque normal que ingresé de inmediato en el banco, en la cuenta de la asociación. Pero este va mejor para las fotos, ¿no cree? —contestó ella con una sonrisa.

—Ha tenido usted muchas agallas, tendiéndome una trampa como esa —comentó Nate, escrutando su rostro.

Era muy bonita: largo cabello negro que le llegaba casi a la cintura, piel morena, altos pómulos…

No se comportaba como las mujeres que intentaban echarle el lazo valiéndose de sus encantos. No, a Trish Hunter no parecían impresionarle en absoluto su fortuna ni su trayectoria profesional, y sin duda estaba impaciente por decirle por qué debería donar dinero a su asociación.

Nate no entendía demasiado bien a las mujeres. Tenía la incómoda sensación de que su forma de despachar a Jennifer McElwain había sido bastante torpe, y había hecho como si no hubiera recibido el mensaje de Diana, el tercero en lo que iba de mes.

Después de lo mal que había acabado lo suyo con ella, había optado por evitar a toda costa embarcarse en una nueva relación, y estaba desentrenado en el trato con las mujeres. Pero no iba a dejar que volviesen a aprovecharse de él, y por eso continuaría ignorando los mensajes de Diana.

Trish Hunter, sin embargo, no estaba haciendo las cosas que normalmente lo ponían nervioso de otras mujeres, como tratarlo como a un dios del sexo al que llevaban años adorando en secreto.

–¿Y ha funcionado? –inquirió ella, con una sonrisa traviesa. Tenía una sonrisa preciosa–. Mi trampa, quiero decir.

Nate sonrió también. Se le daba fatal negociar con el sexo opuesto, pero cuando se trataba de dinero no tenía problema. Además, el que ella no estuviese haciéndose la ingenua lo hacía sentirse más cómodo. Las cartas estaban sobre la mesa.

–Depende. Hábleme de su asociación.

–Un Niño, un Mundo es una organización registrada sin ánimo de lucro, y tratamos de reducir al mínimo los gastos estructurales… –comenzó a explicarle ella.

Nate suspiró. Detestaba la aburrida burocracia que rodeaba a las organizaciones benéficas.

–Aproximadamente noventa céntimos de cada dólar que recaudamos se destinan a la adquisición del material escolar y… –Trish se quedó callada–. ¿No es lo que quiere saber?

Nate se irguió en su silla. Parecía que estaba prestando atención a sus reacciones, y no solo soltándole un discurso aprendido. Eso le agradó.

–Mi fundación requiere esas estadísticas para la solicitud de nuestras ayudas –le dijo–, pero solo porque mis abogados insisten. Lo que yo quiero saber es qué la llevó a montar una organización para proporcionar material escolar a niños indios.

–Ah –Trish se tomó su tiempo para beber un sorbo de café–. ¿Dónde se crio usted? En Kansas City, ¿no?

–Veo que ha hecho los deberes.

–Una trampa que se precie debe estar bien planeada –contestó ella con una nota de satisfacción en la voz.

Nate asintió.

–Sí, me crie en Kansas City, en Missouri. En el seno de una familia de clase media. Mi padre era contable y mi madre profesora –respondió, omitiendo deliberadamente a sus hermanos.

Trish esbozó una sonrisa.

–Y me imagino que antes del comienzo de cada curso le compraban una mochila nueva, zapatos nuevos, ropa nueva y todos los libros y las cosas que le pidieran en el colegio, ¿no?

–Así es –respondió Nate.

Que tuviera el pelo negro y la piel cobriza y que dirigiera una asociación que ayudaba a los niños indios no implicaba necesariamente que ella también fuese india, pero Nate no creía en las coincidencias, así que decidió arriesgarse.

–Y supongo que en su caso no era así, ¿no?

Algo cambió en la expresión de ella; fue como si su mirada se endureciera.

–Una vez, en sexto de primaria, mi profesora me dio un par de lápices –dijo–. Era todo lo que podía permitirse –bajó la vista a su taza y jugueteó con uno de sus pendientes–. Nadie me ha hecho nunca un regalo mejor.

–Siento que lo tuviera tan difícil –murmuró él. Trish asintió sin levantar la vista–. Y eso es lo que está intentando cambiar, ¿no? –continuó él, que no quería que se sintiese incómoda.

–Sí; le damos a cada niño una mochila con todo lo que puedan necesitar en clase –respondió ella, alzando por fin la vista. Luego se encogió de hombros y añadió–: Bueno, queremos hacer mucho más que eso, pero es un primer paso.

Él asintió, pensativo.

–¿Tienen planes más ambiciosos?

Los bonitos ojos de Trish se iluminaron.

–¡Ya lo creo! Eso es solo el comienzo.

–Cuénteme qué más haría, si pudiera, por esos niños.

–Pues… para tantos de ellos el colegio es… es como un oasis en medio del desierto. Los colegios que hay en la reserva deberían abrir más temprano y permanecer abiertos hasta más tarde. Deberían servirles un desayuno más abundante a los niños, y también un almuerzo más abundante, y una merienda. Demasiados de esos niños no comen bien en casa, y es difícil concentrarse en las clases cuando uno tiene el estómago vacío –al decir eso, volvió a bajar la vista.

Nate comprendió que hablaba por propia experiencia.

–Además, a los niños y a los chicos de la reserva

les encanta jugar al baloncesto y montar en monopatín –continuó Trish–. Tener mejores canchas y parques en los colegios evitaría que acabasen uniéndose a bandas callejeras.

–¿Hay problemas de bandas en las reservas?

Era algo que él siempre había asociado al tráfico de drogas dentro de las ciudades y esas cosas. Ella le dedicó una mirada entre divertida y condescendiente.

–Algunas personas han pervertido nuestra cultura, nuestra tradición de bravos guerreros, dando lugar a una mentalidad de bandas entre los jóvenes. Perdemos a muchos chicos y raramente los recuperamos.

–No ha mencionado nada acerca de ordenadores en su «lista de deseos» para esos chavales –apuntó él.

Ella esbozó una pequeña sonrisa.

–Ya, bueno, es que para eso harían falta mucho más de diez mil o incluso de veinte mil dólares. La mayoría de los colegios de la reserva ni siquiera tienen las infraestructuras necesarias para proporcionar conexión a Internet. Pero antes de ocuparnos de eso quiero que los niños tengan cubiertas sus necesidades básicas. Lo entiende, ¿verdad?

Él asintió.

–Y entonces, ¿qué es lo que quiere de mí? ¿Solo diez de los grandes?

En cuanto las palabras cruzaron sus labios se dio cuenta de que no debería haberlo dicho de esa manera. A ella no debía haberle pasado desapercibido su desliz, porque sonrió divertida.

–Eso había pensado, pero por supuesto estaríamos encantados con cualquier suma que la Fundación Longmire considere oportuno otorgarnos –dijo.

–¿Cómo le dieron ese premio de la revista *Glamour*? –inquirió él, curioso.

–Una de mis profesoras me nominó sin que yo lo supiera –contestó Trish–. De un día para otro pasé de vender pasteles para recaudar dinero para la asociación, a ir en avión a Nueva York a esa gala donde me premiaron con un montón de dinero –se sonrojó–. Bueno, para mí es un montón de dinero, seguramente para usted diez mil de los grandes no es más que calderilla.

–No he olvidado la época en la que para mí esa cantidad también era mucho dinero –respondió él.

–Hábleme de su fundación –le pidió ella, dándole la vuelta a la tortilla.

Nate se quedó mirándola un momento.

–¿Es su forma de preguntarme por qué doy dinero a la gente a cambio de nada?

–Bueno, su trabajo le costó ganarlo –apuntó ella.

Nate se encogió de hombros.

–Tuve una infancia cómoda. Nuestros padres no nos daban todo lo que queríamos, porque a mí por ejemplo no me regalaron un coche a los dieciséis ni nada de eso, pero no nos faltaba de nada.

¡Cómo había suspirado por un coche! Brad, su hermano mayor, tenía un todoterreno de segunda mano que había comprado con sus ahorros, y siempre decía que con él se llevaba a las chicas de calle.

Nate había sido un adolescente larguirucho, desgarbado, con gafas y problemas de piel, y por esa época ni había tenido novia, ni había albergado esperanzas de tenerla. Por eso siempre había soñado con tener un coche, porque siempre había pensado que así tal vez alguna chica habría accedido a salir con él.

–En fin –continuó sacudiendo la cabeza–, el caso es que cuando empecé mi negocio y conseguí mi primer millón de dólares, sentí que había triunfado, pero ocurrió algo que no esperaba: ese millón dio lugar a un segundo millón, y ese a un tercer millón, y… –esbozó una sonrisa vergonzosa–. En serio, ¿para qué quiero yo mil millones de dólares? ¿Para comprarme un país? –señaló con la cabeza la camiseta de Wonder Woman de Trish–. Lo único que se me ocurrió fue comprar el primer número del cómic de *Supermán* en una subasta, ¿sabe? El cómic original de los años treinta.

Ella esbozó una media sonrisa.

–Lo sé; lo leí en Internet. Creo que pagó una barbaridad por él.

–Una barbaridad –asintió él–. Fue una locura. Me sentí como si hubiera saltado de un acantilado. Pagar cinco millones de dólares por un cómic…

–¿Y lo leyó al menos? ¿O lo metió en una urna de cristal?

–Lo leí; muy cuidadosamente, porque era una antigüedad –respondió él–, con unas tenacillas para pasar las páginas y en una habitación con la temperatura regulada.

Trish prorrumpió en risitas al imaginarlo, y él se rio con ella. Había sido de lo más ridículo.

–Así que me dije: «¿Qué voy a hacer con todo este dinero aparte de comprar cómics antiguos?».

–Sé que donó un montón de dinero a un centro que estudia enfermedades mentales –dijo Trish.

–Es que… es algo que conozco muy de cerca –respondió Nate. Al ver que ella se quedó esperando a que se explicara, añadió–: No me gusta hablar de mi familia ni de mis asuntos personales; es la única manera de permanecer cuerdo cuando eres alguien conocido.

Era lo que había decidido después de lo de Diana, que su vida privada sería eso, privada.

Sí, había hecho una donación a un centro que investigaba la esquizofrenia, la depresión y el trastorno bipolar. Lo que la gente no sabía era que su hermano Joe padecía una enfermedad mental. Había creado un fondo fiduciario para su cuidado. Gracias a ese dinero su madre había podido dejar su trabajo para estar en casa con él y su padre y ella habían contratado a un par de asistentes sanitarios que los ayudaban.

—Comprendo —murmuró Trish.

—El caso es que soy un hombre rico y me sobra el dinero. Me parecía que lo que debía hacer era donar parte de mi dinero a causas útiles y necesarias, y por eso creé la Fundación Longmire.

—¿Y eso lo hace feliz?

Él enarcó una ceja. ¿Feliz?

—Estoy haciendo algo bueno; para mí eso es lo que cuenta.

—Por supuesto —asintió Trish—, pero...

Hizo una pausa, como si no supiese cómo decirle lo que quería decir, y Nate, curioso e hipnotizado por sus bellos ojos, se inclinó hacia delante, con tan mala fortuna que al hacerlo volcó su taza, y el café que quedaba en ella se derramó sobre el regazo de Trish.

—¡Aay! —exclamó ella, levantándose como un resorte.

La mancha oscura se había extendido por su blusa y había llegado al pantalón.

—No sabe cuánto lo siento —se disculpó él aturullado, agarrando unas cuantas servilletas de papel y tendiéndoselas–. Tenga; lo siento muchísimo –repitió–. Le pagaré la factura de la tintorería.

–No se preocupe, hombre, ha sido un accidente –contestó ella riéndose mientras se limpiaba como podía.

A Nate le encantaba su risa. Cuando se hubo asegurado de que el asiento no estaba manchado, Trish volvió a sentarse y le repitió con una sonrisa:

–En serio, no pasa nada.

–Pero su ropa… –murmuró él azorado, sentándose también.

–Estoy acostumbrada a que me caiga alguna mancha de vez en cuando; no se preocupe.

Nate, que temía volver a tirarle algo encima y quedar aún más en evidencia, decidió que sería mejor dar por finalizada aquella improvisada reunión, y le propuso:

–Escuche, ¿por qué no viene a mi oficina dentro de un par de semanas? Haré que mi secretario se ocupe del papeleo para la donación y cuando venga a verme hablaremos de los detalles –le tendió su tarjeta–. Ahí tiene la dirección–. Y, por favor, insisto: cuando venga, traiga la factura de la tintorería. ¿Qué le parece el viernes, a las dos?

–Ese día trabajo –contestó ella distraída mientras miraba la tarjeta–. Esto está en el distrito de Filmore, ¿no?

–¿Eso supone un problema para usted?

–No. Es que pensé que tendría su oficina en Mission o en South of Market. Por donde se mueven los otros magnates de la informática, vamos.

Él agitó la mano, desdeñando su suposición.

–Prefería un sitio más tranquilo. Además, vivo cerca, porque me gusta poder ir a pie a la oficina cuando hace buen tiempo.

Trish se quedó mirándolo boquiabierta, como si no pudiera creerse que un multimillonario se rebajase a caminar, como el resto de los mortales, en vez de que lo llevasen unos esclavos en una litera recubierta de oro. Luego miró otra vez la tarjeta y le dijo:

–Me temo que no podré llegar antes de las cinco. ¿Le va mal esa hora?

–No, por mí no hay problema. Avisaré a mi secretario para que sepa que vendrá ese día.

–Estupendo –Trish se levantó con una sonrisa y le tendió la mano–. Muchas gracias por considerar mi petición.

–Es una causa digna.

Cuando Nate le tomó la mano para estrechársela, la suavidad de sus finos dedos aturdió momentáneamente su cerebro.

–Y perdón otra vez por lo del café –repitió.

Ella sacudió la cabeza y recogió el cheque del suelo.

–Bueno, pues nos vemos el viernes, dentro de dos semanas –le dijo.

–Estoy deseándolo.

Ella le respondió con una sonrisa cálida y reconfortante, como si se hubiera dado cuenta de hasta qué punto era un inepto social y estuviera dándole una palmadita en la espalda por sus esfuerzos.

Nate la siguió con la mirada hasta que salió de la cafetería. Avisó por el móvil a su chófer para que fuera a recogerlo, y estaba ya en la calle cuando recibió una llamada. Era su madre.

–Hola, mamá –contestó, dirigiéndose hacia el cruce donde había quedado en esperar a su chófer.

–¿Nate? ¡Ay, cariño…!

Estaba llorando. Nate se paró en seco.

–¿Mamá? ¿Qué ocurre?

–Nate… ¡Ay, Dios mío! –exclamó su madre entre sollozos–. Ha habido un accidente… Brad y Elena…

–¿Están bien? –inquirió él con corazón en un puño, aunque sabía la respuesta. Su madre estaba llorando. Algo horrible les había pasado–. ¿Y Jane? –su madre no respondía, y el estómago le dio un vuelco–. Mamá… ¿el bebé está bien?

–Está… está con nosotros… Nos la habían dejado porque iban a salir… ¡Ay, Nate!, ven a casa… Ven a casa…

Dios del cielo…

–Voy enseguida –respondió–. Llegaré tan pronto como me sea posible –colgó y llamó a su secretario–. Stanley, que preparen el jet –le dijo cuando contestó–. Tengo que ir a Kansas City.

Capítulo Tres

Como había decidido ir un poco más formal a la entrevista con Nate Longmire en su oficina, Trish había tardado una eternidad en escoger lo que iba a ponerse. Finalmente se había decantado por una blusa blanca, una falda de color coral que le llegaba a la mitad del muslo y una chaqueta de denim, otro hallazgo de segunda mano. Las botas que llevaba eran las únicas que tenía. Antaño habían sido negras, pero ahora eran de un color gris apagado.

Se había vestido así porque quería parecer seria, no porque quisiese impresionar a Nate Longmire, se dijo.

Siempre que podía iba a todas partes en bicicleta, pero en esa ocasión optó por ir en autobús y, después de un trayecto de hora y media, llegó a la dirección que le había dado del distrito de Filmore.

La Fundación Longmire estaba en el cuarto piso de un edificio de oficinas de aspecto austero. Mientras subía en el ascensor, Trish tragó saliva, nerviosa. Dos semanas atrás se había ido de la cafetería con la impresión de que Nate Longmire iba a hacer la donación que le había pedido, pero con el enfoque que habían dado los medios a su intervención en la conferencia de la universidad, le preocupaba que hubiera cambiado de idea.

Las cámaras habían captado el momento en que la había invitado a reunirse con él cuando terminara el evento, y varios periódicos y cadenas de televisión habían hecho conjeturas con la posibilidad de que entre bastidores hubiera pasado algo más entre ellos que una simple conversación. Todos decían que Nate Longmire no había querido hacer ningún comentario al respecto, y no estaba segura de si eso era bueno o malo.

Ella misma había tenido que lidiar con llamadas de distintos medios. Cada vez que le habían preguntado si había o no algo entre ellos había salido por la tangente, arrojándoles datos sobre las estadísticas de pobreza en las reservas indias, y frases como que hasta una donación de cinco dólares podía suponer una gran diferencia en la vida de sus habitantes. Al final, incapaces de sacarle un solo titular jugoso, la habían dejado en paz.

Cuando llegó a la puerta de cristal traslúcido con el rótulo de la Fundación Longmire escrito en letras negras, inspiró profundamente y llamó al timbre. No acudía nadie a abrir, y no sabía si volver a llamar o no, pero al cabo de un rato lo hizo.

Esa vez se oyó a un hombre gritar malhumorado desde dentro:

—¡Ya voy, diantre, ya voy!

El cerrojo se descorrió, la puerta se abrió de par en par, y ante ella apareció un tipo fornido con una camiseta blanca de tirantes, pantalones de pana, varios *piercings* en las orejas y un buen número de tatuajes.

—¿Qué? —le espetó ceñudo.

—Eh… hola —balbució Trish, tratando de no parecer nerviosa—. El señor Longmire me espera para…

—¿Qué está haciendo aquí? —casi le gruñó el hombre.

—¿Perdón?

El tipo resopló irritado.

—Se suponía que debía ir a su casa, no venir aquí. ¿No se lo dijeron?

—No —respondió aturdida.

El hombre puso los ojos en blanco y suspiró.

—Está en el sitio equivocado. Tendría que estar en el número 2601 de la calle Pacific —se quedó mirándola con los ojos entornados—. El 2601 de la calle Pacific —repitió más despacio y hablando más alto, como si creyese que era sorda o que no le entendía. Cuando ella se quedó mirándolo, añadió—: Está solo a unos metros de aquí; todo recto calle abajo. Es la calle que cruza, ¿de acuerdo?

—De acuerdo —murmuró ella—. Gracias.

—De nada. Y suerte, va a necesitarla —respondió el tipo antes de cerrarle la puerta en las narices.

Los nervios le atenazaron el estómago. ¿Qué había querido decir con eso? ¿Podría ser que Nate hubiera decidido que su asociación no se ajustaba a los requisitos que ponía su fundación? ¿Y por qué tenía que ir a su casa, cuando le había dicho que la recibiría en la oficina? Y más si no tenía pensado hacer la donación.

Siguió las indicaciones que le había dado el tipo de los tatuajes y llegó a la casa. De estilo victoriano, estaba rodeada por una verja, tenía tres plantas, garaje y un porche con su columpio. Era preciosa.

Trish apretó el botón del timbre de la verja y se quedó esperando. Al poco la puerta de la casa se abrió, y salió al porche una mujer con un vestido gris y un delantal blanco.

—¿Sí? ¿Qué quería? —le preguntó con acento de México.

–Hola –contestó Trish, esforzándose por sonreír–. El señor Longmire me espera para…

–¡Ay, *mija*! ¡Llega usted tarde! –la cortó la mujer, bajando apresuradamente las escaleras del porche para ir a abrirle. Al contrario que el hombre de los tatuajes, parecía que se alegraba de verla–. Pase, pase.

La agarró del brazo y prácticamente la arrastró dentro de la casa.

–¿Quién es, Rosita? –llamó la voz de Nate Longmire desde el piso de arriba.

Se oía el llanto incesante de un bebé.

–Es la chica –contestó la empleada del hogar.

–Dile que suba.

Trish subió la escalera y, siguiendo el llanto, llegó a una habitación donde encontró a Longmire en vaqueros y camiseta paseándose de un lado a otro, intentando calmar sin éxito al desconsolado bebé en sus brazos, vestido solo con un pañal, que encima tenía puesto al revés.

–¿Pero qué demonios…? –murmuró perpleja–. ¡Por amor de Dios!

Nate se volvió al oír aquella exclamación detrás de él mientras Jane seguía berreando y retorciéndose sin parar, y vio ante si a una hermosa joven de ojos negros y cabello…

–¡Señorita Hunter!

Trish avanzó hacia él, le quitó a su sobrina de los brazos y se la colocó en la cadera como si tuviera mucha práctica.

–¿Dónde tiene los pañales?

–¿Por qué…? ¿Cómo…?¿Qué está haciendo aquí?

Trish se quedó mirándolo de hito en hito.

–Habíamos quedado hoy.

Giró lentamente, paseando la mirada por la desordenada habitación, que hasta hacía una semana había sido una sala de estar y que ahora se suponía que era el cuarto del bebé.

Nate la observó confundido. ¿Había quedado con ella? No podía pensar con claridad; estaba tan cansado… Pero jamás, en toda su vida, se había alegrado tanto de ver a una mujer.

–¿Ha venido por lo del puesto de niñera?

Ella volvió a quedarse mirándolo, pero esa vez con lástima. Agarró una mantita y, con Jane aún berreando apoyada en su cadera, consiguió agacharse y extenderla en el suelo.

–Señor Longmire –le dijo muy calmada–, habíamos quedado en su oficina a las cinco para hablar de la donación que le pedí para mi asociación, Un Niño, un Mundo.

Nate contrajo el rostro y maldijo para sus adentros. Lo había olvidado por completo.

Trish, que había encontrado un pañal limpio sobre la mesita del rincón, se arrodilló en el suelo y tumbó con cuidado al bebé en la mantita.

–Lo sé, cariño, lo sé… –le dijo con suavidad–. Tienes frío, ¿verdad? Si es que tienes el pañal empapado… Lo sé, lo sé, es tan difícil ser bebé… –le cambió el pañal y alzó la vista hacia él–. ¿Dónde guarda su ropa?

Nate fue a abrir una de las maletas que había traído en su jet, cargada con las cosas que le había dado su madre.

–¿Como un vestido, o algo así? –inquirió.

–Como un pijamita, señor Longmire –contestó Trish, enarcando las cejas–. Lo sé, lo sé… –dijo volviéndose hacia el bebé y acariciándole la cabecita–. El pobre hace lo que puede, pero no entiende lo que necesitas, ¿verdad?

Por un bendito instante Jane dejó de berrear y emitió una especie de balbuceo, como si estuviese intentando contestar a Trish. Pero luego empezó a llorar otra vez con renovado vigor, y Nate se apresuró a sacar de la maleta lo que parecía un pijama de bebé, una especie de mono de rizo color naranja con dibujos, mangas largas y cerrado por los pies.

–¿Esto?

–Perfecto –respondió Trish.

Nate se lo tendió y observó anonadado cómo Trish conseguía, a pesar de que la pequeña no paraba quieta, meter en el pijama sus bracitos y piernas.

–¿Cómo ha hecho eso? A mí no me dejaba ponerle nada… Y tampoco lograba que dejase de llorar.

–Ya me he dado cuenta –Trish alzó la vista hacia él con una sonrisa divertida–. ¿Con qué la está alimentando?

–Eh… mi madre me mandó unas latas de polvos para hacer biberones. Las tengo abajo, en la cocina.

Trish le frotó suavemente la barriguita a Jane y luego, en un abrir y cerrar de ojos, dobló la mantita, liándola en ella.

–Un segundo, pequeñaja –le susurró. Luego se incorporó y, volviéndose hacia Nate, le dijo–: Voy a lavarme las manos. No la levante del suelo, pero vigílela, ¿de acuerdo?

29

–De acuerdo.

El bebé seguía llorando, pero ya no con tanta fuerza.

–¿Dónde hay un cuarto de baño? –le preguntó Trish.

–Al final del pasillo.

Nate, que tenía el cerebro hecho papilla después de varios días sin apenas dormir, no acertaba a entender cómo se había olvidado de que habían quedado en que la recibiría ese día. ¿Cómo podía haberse olvidado? Ni el funeral de Brad y Elena, ni la falta de sueño habían borrado de su memoria el recuerdo de aquella tarde en la cafetería. Le había parecido tan inteligente, tan bonita...

Claro que teniendo en cuenta lo que había pasado y cómo su vida se había puesto patas arriba de la noche a la mañana, no era de extrañar que se hubiese olvidado. Probablemente Stanley le había dado la dirección de su casa.

Todavía no podía creerse que, como si nada, hubiese llegado, le hubiese cambiado el pañal a su sobrina y la hubiese vestido. Y parecía que estaba a punto de bajar a prepararle un biberón. Había estado esperando a alguna candidata para el puesto de niñera... pero tal vez no tuviera que esperar más.

Trish regresó del baño en ese momento.

–Ya está –dijo agachándose para tomar a Jane en brazos–. Seguro que tienes hambre y sueño. Primero un biberón y luego una buena siesta.

Jane emitió un ruido parecido a un maullido, como si estuviera de acuerdo.

Trish miró a Nate.

–¿Por dónde se va a la cocina?

Nate la llevó al piso de abajo. Cuando entraron en la

cocina encontraron allí a Rosita, a quien se le iluminó la cara al ver a Trish acunando a la pequeña, que estaba calladita.

–¡Ay, señorita!, no sabe cuánto nos alegramos de que haya venido…

Trish reprimió una sonrisilla.

–Necesitamos un biberón y una tetina limpios –le dijo.

Rosita se los procuró, y se disculpó aturulladamente.

–Yo intenté calmarla, señorita, pero no sé nada de niños; nunca he cuidado de ninguno.

Sacó de un armarito una lata de preparado de leche infantil, una botella de leche y empezó a mezclarlos en el biberón.

–¡Espere!, ¡pare! –exclamó Trish espantada. Miró a su alrededor y, señalando un taburete junto a la isleta, le dijo a Nate–: Señor Longmire, siéntese.

Él obedeció.

–Ponga los brazos así –le pidió, acunando a Jane en los suyos.

Nate imitó la postura.

–Bien. Voy a ponerla en sus brazos; no la deje caer –le dijo Trish.

Le pasó a Jane con suavidad y, cuando deslizó las manos por sus brazos para recolocárselos un poco, Nate sintió un cosquilleo en el estómago.

–Muy bien –dijo Trish, como un general a punto de entrar en combate–. Rosita, tire esa mezcla que ha hecho, por favor. ¿Tiene otro biberón limpio?

–¿Quiere que lo… tire? –balbució Rosa, bajando la vista al biberón en su mano.

–Aún no puede tomar leche; el preparado hay que mezclarlo con agua –le explicó Trish.

–Mi madre solo me dijo que tenía que darle un biberón cada tres horas –dijo Nate.

–No sabe cuánto lo siento, señor –murmuró Rosita–. Yo no sabía…

–No te preocupes, Rosita. Los dos hemos metido la pata; no pasa nada –respondió él, pero luego miró a Trish preocupado y le preguntó–: ¿Le hará daño que le hayamos dado leche?

–Bueno, si no ha vomitado, y como no ha sido durante un tiempo prolongado, supongo que no –respondió ella mientras preparaba otro biberón–. ¿Podemos sentarnos en algún sitio a hablar mientras se lo toma? Tengo unas cuantas preguntas que querría hacerle.

–Claro.

Trish tomó al bebé y esperó a que le indicara el camino.

–Rosita –le dijo Nate a la empleada del hogar–, ¿podrías poner un poco de orden en el cuarto del bebé mientras hablo con la señorita Hunter?

Rosita, visiblemente aliviada de no tener que ocuparse del bebé, asintió de inmediato y se fue.

Nate llevó al salón a Trish, que se sentó en el sillón orejero con Jane en sus brazos. Al segundo intento consiguió, para asombro de Nate, que la pequeña empezara a tomarse el biberón. A él le costaba un horror.

–Bueno –le dijo Trish cuando se sentó en el sofá–, le escucho.

–Antes de nada quiero pedirle disculpas; olvidé por completo que le había dicho que la recibiría hoy.

–Tranquilo, es evidente que le surgió un imprevisto

–respondió ella–. ¿Verdad, cariño? –le dijo a la pequeña, que succionaba feliz la tetina del biberón.

Nate sintió un alivio inmenso al ver que ya se le
estaban cerrando los ojos.

–No he dormido más de dos horas seguidas en las
últimas dos semanas. Les dije a mis padres que no podía hacerme cargo de Jane… Así se llama la niña –le
explicó–. Yo no sé nada de bebés –inspiró profundamente–. Mi hermano y su esposa le dejaron a Jane a
mis padres para salir a cenar y…

Trish se quedó muy quieta, como temiéndose lo que
iba a decir.

–¿Y? –lo instó a que continuara.

–Y no regresaron. Un camionero perdió el control
al volante, volcó y… –las palabras se le atragantaron–.
Al menos nos han dicho que no sufrieron.

–Dios mío… ¡Cuánto lo siento! Es… es horrible.

Nate asintió.

–Para mí fue difícil crecer a la sombra de Brad, mi
hermano… Era guapo, jugaba en el equipo de rugby y
se llevaba de calle a todas las chicas. De hecho, me…
–Nate se mordió la lengua. Eso pertenecía al pasado.
Por su madre, había hecho lo posible por perdonar la
traición de Brad–. Ahora… ahora que empezábamos a
superar nuestra rivalidad y a llevarnos bien… –se le
quebró la voz–. Perdone, no sé por qué le estoy con-
tando todo esto.

–Porque ha tenido un par de semanas muy duras
–respondió ella, comprensiva–. ¿Cuándo ocurrió el accidente?

–Mi madre me llamó para decírmelo al poco de que
nos despidiéramos aquel día en la cafetería.

–Si no es indiscreción… ¿por qué está haciéndose cargo usted de su sobrina?, ¿por qué no se la han quedado sus padres? –inquirió Trish.

–No podían ocuparse de ella. Tengo… tengo otro hermano, Joe. Padece una seria enfermedad mental. Estuvo bastante tiempo internado en un centro hasta que los médicos consiguieron ajustar su medicación.

–Por eso hizo esa donación para la investigación de enfermedades mentales… –murmuró ella.

Nate asintió.

–Necesita seguir una rutina diaria. Mi madre cuida de él y yo le pago un par de asistentes sanitarios que la ayudan –le explicó–. Además, soy el tutor legal de Jane –añadió, sintiendo el peso de esa responsabilidad.

–Ya veo –contestó Trish–. Buena chica, Jane, te lo has tomado todo –dijo bajando la vista al bebé–. Tenga –dijo tendiéndole a Nate el biberón vacío. Apoyó a la pequeña en el hombro y empezó a darle palmaditas en la espalda–. ¿Y está intentando contratar a una niñera?

–Sí. ¿Quiere el puesto?

La mano de Trish se detuvo y resopló.

–No he venido aquí por eso.

Nate no estaba dispuesto a aceptar un no por respuesta. Cierto que no se le daba muy bien tratar con mujeres, pero sabía cómo negociar un acuerdo. Él necesitaba una niñera, y ella necesitaba dinero.

–Pero es evidente que sabe cuidar niños –apuntó.

Cuanto más lo pensaba, más se convencía de que era una buena la idea. Además, en la cafetería le había hablado de ella, y le parecía una persona seria. Y a la vista estaba que era eficiente.

Trish suspiró.

–Ya lo creo que sé cuidar niños. Sin contarme a mí mi madre tuvo nueve… con cuatro hombres distintos. Yo soy la mayor. Y luego se casó con el que es mi padrastro, que tenía cuatro hijos de otras dos mujeres.

Nate frunció el ceño y parpadeó.

–¿Su madre tuvo diez hijos?

–Sí, de los que nunca se ha preocupado –contestó ella.

A Nate no le pasó desapercibido el matiz de rencor en su voz.

–¿Quiere decir que usted…?

Ella esbozó una sonrisa forzada.

–Sí, tuve que ocuparme yo de ellos.

–Perfecto.

–¿Cómo dice?

–Mire, yo necesito una niñera, y usted ha conseguido que Jane se calme y deje de berrear.

Trish sacudió la cabeza.

–Señor Longmire, lo siento, pero no puedo ayudarle –le dijo–. Me licencio dentro de un mes y medio. Tengo que centrarme en mis estudios y…

–Puede estudiar aquí. Cuando Jane esté durmiendo.

Los ojos de Trish relampaguearon, desafiantes, y eso le arrancó una sonrisa a Nate.

–Ya tengo un trabajo –le dijo en un tono más firme–. Soy telefonista en un departamento de la facultad en la que estudio, y colaboro en una investigación de la profesora que me nominó para el premio de *Glamour*.

–¿Y cuánto le pagan por contestar el teléfono? ¿Diez dólares la hora?

Ella se puso tensa.

–Para su información, doce con cincuenta, pero esa no es la cuestión.

Los labios de Nate se curvaron en una sonrisa. Aquello era lo que le había gustado de ella cuando habían estado charlando en la cafetería: no tenía miedo a llevarle la contraria.

–¿Y cuál es la cuestión?

–Pues que tengo mis planes, y mis obligaciones: mis estudios, el trabajo que desempeño en la universidad, además de mis labores al frente de la asociación. No puedo abandonarlo todo para hacer de niñera de su sobrina. Estoy segura de que encontrará a una persona cualificada para el puesto.

–Ya la he encontrado.

–No, señor Longmire.

Nate hizo un rápido cálculo mental. Todo el mundo tenía un precio. ¿Cuál sería el de ella?

–Llamaré personalmente a su profesora y le explicaré que ha sido seleccionada para una oportunidad única.

Ella resopló y puso los ojos en blanco.

–¿Cambiar pañales y hacer biberones? ¿Una oportunidad única?

–Y podrá continuar asistiendo a sus clases –prosiguió él, ignorándola–, pero se alojará aquí.

–¿Perdone? –exclamó ella, indignada.

Jane, que debía haberse quedado dormida, dio un respingo, sobresaltada, y gruñó quejosa.

–Le pagaré cinco mil dólares por un mes.

Capítulo Cuatro

Trish, que había abierto la boca para increparlo, lo miró anonadada.

–¿Qué?

–Solo un mes. Probablemente con ese plazo podré encontrar a otra persona, pero ahora la necesito.

–Señor Longmire…

El bebé volvió a protestar y Trish, como por instinto, se levantó del sillón y se puso a acunarla. Sí, tenía delante a la niñera que necesitaba.

–Un mes –repitió–, sería solo algo temporal.

–Perdería mi alquiler, y no puedo permitirme uno más alto. Por no mencionar que mi casera está deseando que me vaya para poder cobrar el triple a otra persona aunque el apartamento, por llamarlo de algún modo, es un cuchitril.

–Diez mil.

Trish se quedó paralizada al oír esa cifra, y no acertó a articular palabra.

–Vamos, señorita Hunter. Con diez de los grandes hasta podría alquilar un sitio mejor. Y solo por un mes, el tiempo justo para enseñarme a cuidar de mi sobrina y darme tiempo para encontrar a otra persona. De todos modos imagino que tendría planeado buscarse un sitio mejor donde vivir después de licenciarse y encontrar un trabajo. Solo sería un pequeño cambio de planes.

Ella lo miró boquiabierta.

—¿Pequeño?

No era un no, pero tampoco era un sí. ¿Cuál sería su precio?, volvió a preguntarse Nate. Y de pronto cayó en la cuenta: ella no quería dinero para sí, pero seguro que haría lo que fuera por su asociación.

—Veinte mil —le dijo, dejándose llevar por esa corazonada—. Y además de ese salario, donaré a su asociación cien mil dólares.

Aturdida, Trish se dejó caer en el sillón, lo que sobresaltó de nuevo a la pequeña, que lloriqueó un poco. Volvió a levantarse, pero en vez de ponerse a acunarla como había hecho antes, se dio la vuelta y fue hasta la ventana.

—¿Cien mil dólares? Me está tomando el pelo.

—Por supuesto que no. Es una oferta en firme —replicó él. Y, al ver que Trish no contestaba, le dijo—: Está bien, doscientos cincuenta, y es mi última oferta.

Trish se volvió hacia él.

—¿Doscientos… cincuenta? —repitió en un hilo de voz.

—Una donación de doscientos cincuenta mil dólares a su asociación, porque creo que la labor que hace por esos niños lo merece —contestó Nate—. La mitad de esa cantidad se la haré efectiva en cuanto acepte, y la otra mitad al terminar el mes. Siempre y cuando se pliegue a mis condiciones, por supuesto: se alojará aquí para poder ocuparse de Jane también por las noches y me enseñará los cuidados básicos que necesite.

—¿Y buscaría, como me ha dicho, a otra niñera para cuando acabe el mes?

La tenía en el bote. Sabía que no podría negarse a una donación así.

–Esa es la idea.

Ella no contestó, pero Nate no la presionó, sino que le dio un momento y la observó mientras lo rumiaba.

Trish se había girado de nuevo hacia la ventana y se movía suavemente de lado a lado, acunando a Jane. Había algo sensual en el balanceo de sus caderas, pensó, y una ola de calor lo inundó.

De pronto se preguntó si era una buena idea convencer a aquella hermosa mujer de que viviese y durmiese bajo el mismo techo que él durante un mes. Estaba haciendo aquello por Jane, se recordó, intentando apartar esos pensamientos de su mente.

Trish se volvió hacia él.

–Y esa… –inspiró profundamente–, generosa donación… no dependerá de nada más, ¿verdad?

–¿Cómo?

–No me acostaré con usted.

Nate soltó una carcajada.

–¿Tan mala impresión tiene de mí?

–No pretendía ofenderle –murmuró ella–. Es que… bueno, no soy de esa clase de chicas que van por ahí acostándose con cualquiera. Y lo último que quiero es quedarme embarazada. Bastantes bebés he criado ya –murmuró bajando la vista a Jane–. Una parte del dinero que gano lo utilizo en ayudar a mis hermanos. La más pequeña tiene solo nueve años –se volvió de nuevo hacia la ventana. Fuera, la niebla estaba empezando a descender–. Y yo… Quiero que pueda tener algo más que dos lápices –se volvió hacia él con una expresión resuelta y le dijo–: No es que no agradezca su generosa oferta, pero sé hacer algo más que cambiar pañales y preparar biberones. Sé exactamente los sacrificios que implica criar a un niño y… —bajó la vista de nuevo a Jane, que se había dormido, y suspiró con pesadez—. No estoy preparada para hacerlos de nuevo.

—Solo sería un mes —insistió Nate—. Y por supuesto que mi oferta no está sujeta a que se acueste conmigo —recalcó. Cuando ella enarcó una ceja, como si no lo creyese, añadió—: Le doy mi palabra de honor: nada de sexo.

De todos modos tampoco es que fuera un gran seductor. Claro que ese acuerdo no implicaba que no pudiese pedirle una cita cuando el mes hubiese acabado, se dijo.

Una expresión rara asomó al rostro de Trish, como si estuviese intentando no sonreír y le estuviese resultando difícil.

—Mire, yo… La necesito. Solo un mes —le insistió una vez más—. Nada de sexo. Veinte de los grandes para usted, y doscientos cincuenta mil dólares para su asociación. Por favor.

Trish sacudió la cabeza, y por un momento Nate creyó que iba a volver a negarse, pero entonces suspiró y le dijo:

—Lo quiero por escrito.

Nate, que había estado conteniendo el aliento, respiró aliviado.

—Hecho. Mañana mismo tendrá el contrato. Pero…

—¿Pero qué?

—¿Se quedará esta noche?

Aunque era por Jane, se le hizo raro preguntarle eso. No tenía por costumbre invitar a mujeres a quedarse en su casa a pasar la noche. No desde que lo suyo con Diana había acabado en los tribunales.

Ella vaciló.

–Bueno, pero tengo que ir a recoger mis cosas.

El pánico se apoderó de Nate.

–¿Y si Jane se despierta mientras no está y se pone a llorar otra vez?

–No tardaré. Venga, siéntese en el sillón; la pondré sobre su pecho. Probablemente siga durmiendo al menos un par de horas –le dijo–. Y tal vez usted también pueda echar una cabezada. Yo diría que lo necesita –añadió con una sonrisa divertida.

¿Estaba flirteando con él? Bueno, el sexo no era parte del plan, pero Trish no había mencionado que no pudiesen flirtear.

Se sentó, como le había pedido, y Trish depositó a la pequeña sobre su pecho antes de colocarle los brazos para que la sujetara con suavidad pero con firmeza.

–Si se despierta, cántele un poco.

–Vuelva pronto, por favor –le pidió Nate–. Tome un taxi; lo pagaré yo.

Ella lo miró con una mezcla de confusión y… ¿ternura? Nate la siguió con la mirada mientras salía, y rogó para sus adentros por que no cambiase de idea y regresase. No podría hacer aquello sin ella.

¿Qué diablos estaba haciendo?, se preguntó Trish cuando el taxi se puso en marcha. Debía estar loca para haberse comprometido a hacer de niñera por un mes. Y no de un bebé cualquiera, sino de la sobrina de un hombre rico y tremendamente atractivo con el cual tendría que convivir durante ese tiempo. Era su último mes de carrera; debería centrarse en sus estudios.

Pero es que la cantidad de dinero que le había ofrecido… Veinte mil dólares por un mes de trabajo… ¡Por un mes! No ganaba eso ni en todo un año con su trabajo en la universidad.

Y Nate Longmire le había lanzado esa cifra como si nada. Junto con esa otra aún más increíble: una donación de doscientos cincuenta mil dólares. ¡Dios del cielo! ¡Todo lo que podría hacer la asociación con ese dinero! Mochilas nuevas, zapatos y abrigos para cada niño de la reserva, nuevo equipamiento deportivo para los colegios, y quizá hasta podrían comprar algunos ordenadores. Era como un sueño hecho realidad.

Unos minutos después llegaron a su destino.

—Espéreme, por favor —le pidió Trish al taxista antes de bajarse. Su casera, que estaba sentada en el porche de la casa, la miró con desagrado, como siempre—. Hola, señora Chan.

—¿Tú marcha, o no? —le preguntó la anciana china. Era su forma habitual de saludarla—. Si tú no marcha, tú paga más alquiler. Yo podría cobrar mil novecientos dólares al mes por apartamento, porque es buen apartamento, pero tú solo paga trescientos cincuenta.

—Ese fue el alquiler que acordamos —contestó—. Y el gobierno le paga cada mes otros cuatrocientos cincuenta.

Lo que la señora Chan llamaba un «buen apartamento» tenía menos de cincuenta metros cuadrados. Estaba amueblado, lo que le había venido bien, pero aún así no era más que un cuchitril en el sótano, con una habitación que hacía las veces de dormitorio, salón y cocina y un cuarto de baño. Dos cuartuchos bajo tierra. Nada que ver con la elegante casa victoriana de Nate Longmire.

Pero gracias al subsidio que le había concedido el gobierno había podido permitirse vivir allí durante los últimos cinco años, en un sitio donde no tenía que esperar para usar el cuarto de baño, ni compartir la cama con al menos dos de sus hermanos. Tampoco pasaba frío en el invierno, ni tenía que preocuparse por las constantes roturas de las tuberías.

–Mi hija es abogada, y dice tú debería pagar más –le repitió la casera con desdén.

Habían tenido esa conversación tantas veces que Trish sintió una satisfacción casi vengativa al decirle:

–El caso es, señora Chan, que hoy su deseo se hace realidad.

–¿Qué? –la mujer se irguió y de pronto una sonrisa iluminó su arrugado rostro–. ¿Tú marcha?

–Me marcho. He… –Trish no sabía muy bien cómo describir la situación–. He encontrado otro sitio.

–¿Marcha ahora?

Trish giró la cabeza hacia el taxi, que seguía esperándola. Era un placer casi pecaminoso dejar correr el taxímetro sabiendo que no tendría que pagar ella.

–Sí, ahora mismo. Solo he venido a por mis cosas.

–¡Ah! –la señora Chan parpadeó–. Eres un encanto –dijo levantándose para darle un par de palmaditas en la mejilla–. Siempre digo tú buena chica.

Trish tuvo que contenerse.

–¿Recuperaré el depósito?

La repentina dulzura de la señora Chan se esfumó y la expresión de su rostro se endureció. No era que necesitase el dinero con lo que iba a ganar como «niñera temporal», pero esos trescientos cincuenta dólares eran suyos, y le había costado mucho reunirlos.

–Mi hija te envía email –contestó finalmente.

–De acuerdo. Bueno, pues voy a recoger mis cosas –le dijo Trish, y entró en la casa.

No tardaría demasiado. Empezó a meter su ropa en bolsas de lavandería. Los libros le llevaron varios viajes de la casa al taxi, y cuando terminó con todo eso solo quedó una cosa, su único objeto de valor y su único lujo: un portátil. Era de segunda mano y estaba un poco anticuado, sí, pero funcionaba.

En cuarenta minutos había borrado del cochambroso apartamento todo signo de su paso por allí. El taxista le ayudó a meter la última bolsa de ropa en el maletero, e iniciaron el trayecto de regreso a la casa de Nate Longmire.

No había vuelta atrás. La señora Chan no le dejaría volver; no a menos que le pagase mil novecientos dólares de alquiler.

Volvió a sentirse abrumada por la magnitud de lo que iba a hacer. Iba a vivir durante un mes en casa del apuesto magnate Nate Longmire. Estaba a años luz de ella, pero su falta de experiencia cuidando niños era adorable, pensó, recordando el pánico en sus ojos cuando le había pedido que no tardara en volver.

Tenía la impresión de que, si hubiera estado más avispada, podría haber conseguido que donase a la asociación un millón de dólares de lo desesperado que estaba. Pero eso no habría estado bien. Lástima que fuera incapaz de hacer nada que fuera contra su conciencia…

Cuando llegó a la casa Rosita estaba esperándola en el porche, y en cuanto vio aparecer el taxi, bajó la escalera y corrió a abrir la verja para ayudarla a descargar sus cosas.

–Gracias a Dios que ha vuelto, señorita –dijo, tendiéndole una tarjeta de crédito al taxista para que se cobrara.

–¿Ha pasado algo? –inquirió Trish.

–No, están dormidos los dos: el señor y el bebé –contestó Rosita–. ¡Ay, *mija*! Hacía semanas que la casa no estaba tan en silencio.

Cuando entraron, Trish se volvió hacia Rosita y le preguntó:

–¿Dónde dejo mis cosas? Ni siquiera sé dónde voy a dormir.

–Le he preparado una habitación. Venga conmigo.

Trish agarró un par de bolsas y la siguió al piso de arriba. Mientras subían la elegante escalera de madera, miró a su alrededor con curiosidad. La casa era tan sofisticada como el hotel Marriot de Nueva York en que la habían alojado para la ceremonia de los Premios Glamour.

Cuando llegaron al rellano superior, Rosita la condujo por el pasillo.

–Esa es la habitación del señor –dijo señalando una puerta a la izquierda–. El cuarto del bebé ya lo ha visto antes, ese de enfrente, y su habitación será esta que está al lado –añadió abriendo la puerta contigua.

¿Cómo? ¿Iba a dormir en una habitación que estaba casi frente a de la de él? Sin embargo, la sensación de pánico que la invadió, pasó a un segundo término en cuanto entraron.

–¡Madre mía…! –murmuró Trish.

Era una habitación enorme y preciosa. Nunca había visto una habitación tan bonita. El papel de las paredes tenía un diseño floral en tonos crema y azul marino, del techo colgaba una lámpara de araña, y había una ventana mirador con dos sillas y una mesita alta. A un lado de la habitación había una chimenea de azulejos blancos con arabescos en azul oscuro. La repisa estaba decorada con pequeños jarrones y figuritas de porcelana.

La cama, que también era enorme, tenía cuatro postes de madera, un dosel de gasa, y estaba vestida con una colcha y cojines a juego en tonos blancos y azules. Se moría por probarla. Y dormiría en ella sola, porque ese era el plan.

Durante las dos semanas que habían pasado desde su charla en la cafetería, se había descubierto fantaseando sin querer de cuando en cuando con el atractivo Nate Longmire, pero ahora iba a tenerlo al otro lado del pasillo, en carne y hueso. Iba a ser un mes muy, muy largo.

–Esta puerta de aquí es su cuarto de baño, señorita –le dijo Rosita–. Se comunica con el cuarto del bebé.

–Ah, estupendo.

Bueno, al menos así no tendría que salir al pasillo en medio de la noche en pijama, y evitaría el riesgo de toparse con Nate Longmire.

La cabeza le daba vueltas. Aquello era demasiado. Con las rodillas temblando, se dejó caer en la cama, que era blanda y cómoda. Aquella iba a ser su habitación durante todo un mes.

–Cuénteme algo del señor Longmire –le pidió a Rosita.

La mujer enarcó las cejas.

–Bueno, es que acabo de aceptar trabajar para él y vivir en su casa, pero la verdad es que no sé… demasiado de él –añadió Trish.

Había leído toda la información que había podido encontrar sobre él en Internet, pero de repente toda esa información no era suficiente. Por ejemplo, estaban las demandas que había interpuesto… y ganado. Había demandado a una tal Diana Carter que había reclamado la mitad de SnAppShot como suya y había intentado venderla. Según la información que había encontrado habían sido compañeros de universidad. Bueno, había rumores de que habían sido algo más, pero no eran más que eso: rumores.

–¿El señor? Es un buen hombre –dijo finalmente Rosita–. Es tranquilo, no es desordenado… Y nunca me hace sentir incómoda. Es muy educado. Le gusta levantarse tarde y toma demasiado café –añadió en un tono maternal–. Me paga muy bien y el trabajo no es muy duro: cocino, limpio, hago la colada… Es un buen trabajo.

–¿Y tiene alguna…? Me refiero a si suele tener… invitados, alguna persona que se quede a pasar la noche.

Sintió que le ardían las mejillas. No sabía por qué había preguntado eso. Si tenía a alguna amiguita ella no era quién para meterse. Claro que, si iba a haber gente entrando y saliendo de la casa, era algo que debía saber por el bien de Jane. Tendría que cerrar su pestillo y el del cuarto del bebé para asegurarse de que ninguna «invitada» entrase sin querer en la habitación equivocada.

–¡Ay, no! El señor Nate es muy reservado y nunca trae aquí a nadie. Stanley, su secretario, se queda a dormir a veces en el sofá, pero solo cuando están trabajando en un proyecto –dijo Rosita frunciendo el ceño.

–Stanley es el grandullón que tiene un gusto horrible vistiendo, un montón de tatuajes y *piercings* en las orejas, ¿no?

Rosita asintió.

–No me gusta nada. Es grosero, no es capaz de moderar el tono y cuando se va es como si hubiera pasado por aquí Atila. Pero el señor dice que es un buen hombre, así que tengo que hacerle de comer a él también cuando viene.

Sí, Rosita lo había definido con bastante exactitud.

–¿Algo más que le parezca que debería saber?

Rosita sacudió la cabeza.

–No, señorita. No sabe cuánto me alegro de que haya aceptado el puesto. Es que… –bajó la voz–. Es que los niños no son lo mío. No tengo hijos y los críos me ponen nerviosa, la verdad –admitió con una risa vergonzosa–. Por eso estoy tan contenta con este trabajo. En otras casas muchas veces esperan de ti que te ocupes de los niños, y a mí no se me da nada bien. ¿Lo entiende? No sé si podría encontrar otro trabajo tan bueno como este, y ya me estoy haciendo mayor para empezar de cero.

Trish le dio unas palmaditas en el hombro. Había personas a las que sencillamente no les gustaban los niños.

–La entiendo.

–Bueno –dijo Rosita–, la dejo para que deshaga su equipaje.

Y salió, cerrando la puerta tras de sí.

Capítulo Cinco

Trish no tardó demasiado en colgar la poca ropa que tenía en el armario, que era casi tan grande como la cocina del sótano de la señora Chan. Su ropa de segunda mano parecía fuera de lugar en él.

Colocó su ordenador portátil sobre la mesa junto a la ventana. Aquel pequeño rincón sería ideal para estudiar, se dijo antes de ir a poner sus libros en la estantería.

Listo. Hora de ponerse a trabajar. Se quitó las botas y se detuvo un momento a sopesar sus opciones. Se había vestido para una reunión con Nate Longmire en su despacho, no para cuidar de un bebé. Sería mejor que se pusiese algo que no le preocupase manchar.

Mientras se desvestía, pensó en lo que le había dicho Rosita de que Nate no solía llevar a casa a ninguna mujer, y que era muy reservado.

Se puso su camiseta de Wonder Woman y unos vaqueros, y se quitó los pendientes y se recogió el pelo en una trenza para que las manitas de la pequeña Jane no pudieran darle tirones.

No iba a pensar en Nate y en si llevaba o no mujeres a casa. No era asunto suyo con quién se acostaba, se dijo.

Y en cuanto a ella... Le había prometido que no habría nada de sexo entre ellos durante el mes que iba a estar allí. Claro que lo que pudiera pasar pasado ese mes quedaba en el aire...

¿Pero qué estaba pensando? Trish sacudió la cabeza y se obligó a pensar en el verdadero motivo por el que estaba allí: Jane, la pobre niñita que había perdido a sus padres.

La necesitaba, y el dinero que su tío iba a donar a su asociación supondría una gran diferencia en la vida de muchos niños. Además, solo iba a ser un mes; era algo temporal. Ese era el plan.

Descalza, entró en el baño y abrió un poco la puerta que conectaba con la habitación de la pequeña. Rosita había hecho un buen trabajo poniendo orden, pero aún distaba mucho de parecer el cuarto de un bebé. Había cajas y maletas apiladas contra la pared. El corralito estaba en medio de la habitación y... un momento... Junto a él había un par de sillas, una frente a la otra, y una mesita alta sobre la que había una taza vacía de café y un teléfono móvil que debía ser de Nate.

No le extrañaba que Nate estuviese agotado. Parecía que había estado durmiendo en esas sillas para poder estar pendiente de Jane. Sacudió la cabeza. Aunque no tenía ni idea de cómo cuidar a un bebé, era evidente que se estaba esforzando. «Mañana me ocuparé del cuarto del bebé», se dijo. No había ni siquiera un cambiador.

Bajó al salón, donde había dejado a Nate con la pequeña. Los dos estaban dormidos, pero al entrar debió despertar a Nate, que abrió los ojos, bajó la vista a su camiseta y parpadeó.

–Hola, Wonder Woman –bromeó con voz soñolienta, estirando sus largas piernas–. Por un momento temí que no fueras a volver –añadió con una sonrisa que hizo que Trish se derritiera por dentro–. ¿Te importa si nos tuteamos? Me hace sentir mayor que me hablen de usted, y con Rosita lo más que he conseguido es que me llame señor Nate en vez de señor Longmire.

–No me importa –contestó ella–. En cuanto a lo del dinero, hay algo que quería…

Él abrió mucho los ojos.

–¿No te basta con lo que te he ofrecido?

–No es eso. Es que… es una locura. No tienes que pagarme tanto, en serio. Ni siquiera había pensado en la habitación y el alojamiento como parte de nuestro acuerdo.

–No te preocupes por eso –contestó él bostezando, antes de volver a cerrar los ojos–. Un trato es un trato, y yo siempre cumplo mi palabra.

–Pero…

–El trato ya está cerrado –le dijo él en un tono tajante–. No pienso renegociarlo.

Trish se quedó mirándolo irritada, pero finalmente le dijo:

–Está bien. Pero hay un favor que quería pedirte.

Nate entreabrió un ojo.

–¿Cuál?

–Querría llamar a mi familia para decirles que estoy aquí, pero no he visto ningún teléfono.

–Es que no tengo fijo –respondió él. Luego abrió los ojos de sopetón y la miró con incredulidad–. ¿No tienes móvil?

–No –murmuró Trish azorada–. Pero tengo un ordenador portátil –añadió, con la esperanza de no sonar patética–. Imagino que tendrás wifi para que pueda conectarme y acceder al campus virtual, ¿no?

Él se quedó mirándola un momento.

–Necesitas un móvil.

–Pues claro que no. Yo solo…

–Por supuesto que lo necesitas –insistió él–. ¿Y si ocurriera una emergencia? Haré que Stanley te consiga uno. He despejado la mayor parte de mi agenda para este mes, pero hay algunos eventos a los que no me queda más remedio que asistir, y es primordial que puedas ponerse en contacto conmigo si fuera necesario.

–No necesito un móvil –replicó ella de nuevo–. Me las he arreglado perfectamente sin móvil durante veinticinco años, y no…

Sin embargo, justo en ese momento Jane se despertó sobresaltada y empezó a lloriquear.

–Déjamela –dijo yendo junto a él para tomar a la pequeña de sus brazos.

Al inclinarse vio unas manchas en la camisa de Nate y le llegó un tufillo a leche agria.

–No quiero decirte lo que tienes que hacer –le dijo cuando se incorporó–, pero…

Él alzó la cabeza y la miró con curiosidad.

–No te cortes; di lo que quieras –la instó con una sonrisa.

–Pues que… deberías darte una ducha.

Él se sonrojó de un modo encantador.

–¿Tan mal huelo?

Ella, por toda respuesta, arrugó la nariz.

–Ve tranquilo; yo me ocupo de Jane.

–Gracias.

Nate se levantó y se inclinó para besar la cabecita de la pequeña. Cuando se irguió, sus ojos se encontraron y se quedaron mirándose. Trish tragó saliva.

–No… no tienes por qué darme las gracias –murmuró–; no he hecho nada de especial.

–Te has quedado aquí, con nosotros –respondió él con voz ronca–, y para mí eso lo es todo.

Bajo el chorro de la ducha, Nate golpeaba despacio, una y otra vez, la pared de azulejos con la frente. ¿Por qué lo que en un principio le había parecido que sería algo sencillo, como no acostarse con la niñera de su sobrina, se le antojaba de repente horriblemente difícil? ¿Qué tenía Trish Hunter que hacía que le costase tanto controlar su deseo?

Cuando sus ojos se habían encontrado hacía un momento, en el salón, lo había asaltado una auténtica ráfaga de calor, y le había resultado imposible apartar la vista.

Dejó que el agua siguiera saliendo fría durante un rato para sofocar su acaloramiento. Podía sobrellevar vivir con una joven hermosa bajo su techo, se dijo, intentando convencerse. Podía hacerlo.

Un rato después se estaba secando, cuando oyó un gritito agudo seguido de otros. Era Jane, pero nunca le había oído hacer ruidos así. Alarmado, se lio la toalla a la cintura, corrió fuera del baño y salió al pasillo.

–¿Qué ocurre? –preguntó de sopetón al llegar a la puerta abierta del cuarto del bebé.

Para su sorpresa, se encontró a Trish sentada en el suelo. Tenía a Jane en la rodilla y mientras la sujetaba por la cintura, la hacía dar brincos, como si estuviera montando a caballo. Al oírlo, Trish se detuvo y levantó la cabeza.

–¿Eh? –dijo mirándolo aturdida.

Jane volvió a lanzar otro gritito.

–¿Qué le pasa? –le preguntó Nate a Trish.

–No le pasa nada –contestó ella–, estamos jugando.

–¿Y por qué hace ese ruido? Creí que le pasaba algo.

–Los bebés dan grititos cuando están contentos –le explicó Trish.

–Cuando están… ¿contentos? –repitió él, sintiéndose como un tonto.

Fue entonces cuando se dio cuenta de que Trish estaba mirándolo de arriba abajo. Se puso rojo como un tomate al recordar que solo llevaba puesta una toalla y, tanta prisa se dio por sujetarla para que no se abriera, que casi la dejó caer.

Trish asintió.

–Se ha echado una buena siesta y tiene puesto un pañal limpio. Seguro que hacía días que no se sentía tan bien –le explicó–. ¿Verdad, cariño? –le dijo a la pequeña.

Se inclinó y le hizo una pedorreta en la barriga a Jane, que dio un gritito, encantada. Trish se rio y alzó la vista hacia él.

–Bueno, pues como ves no tienes de qué preocuparte. Lo digo por si quieres… ya sabes, ir a ponerte algo encima –apuntó divertida, enarcando una ceja.

Nate carraspeó.

–Eh… sí, claro, por supuesto –balbució, sintiéndose de nuevo como un tonto.

Corrió a su habitación a vestirse. ¿Qué diablos le pasaba? Debería haber contratado a una abuela del tamaño de un tonel con pelos en la barbilla, no a una joven preciosa como Trish Hunter, que estaba volviéndolo loco de deseo y que hacía que se pusiese colorado.

Tras ponerse un pantalón vaquero y una camiseta, salió de su habitación con paso resuelto y entró de nuevo en el cuarto del bebé.

Trish había tumbado a Jane en el suelo y estaba haciéndole cosquillas en los pies. La pequeña pataleaba, se retorcía, y daba esos mismos grititos que le había oído antes. Trish había dicho que era su forma de expresar que estaba contenta, y la verdad era que sí sonaban distintos de los chillidos y el llanto que habían estado a punto de destrozarle los nervios durante esas dos semanas.

Trish, que estaba recostada sobre el costado y con la cabeza apoyada en la mano, alzó la vista hacia él.

—Jane va a necesitar unas cuantas cosas —le dijo.

—¿Como qué?

Trish se puso de pie y levantó al bebé y se lo puso en la cadera con esa soltura que no dejaba de asombrarlo.

—De todo. Este cuarto es un desastre —dijo Trish señalando a su alrededor con un ademán—. ¿Has estado durmiendo en esa silla?

Nate paseó la vista por la habitación. Tenía razón; ni siquiera había acabado de sacar de las maletas las cosas que le había dado su madre.

—Bueno, sí. Rosita se va a casa a las seis y no vuelve hasta las diez porque sabe que no suelo madrugar, y me preocupaba…

—¿No oír a Jane si se ponía a llorar?

Nate asintió.

—O de que le pasara algo —dijo—. Recuerdo que Elena, su madre, estaba aterrada con eso del síndrome de muerte súbita del lactante.

Aún se le hacía tan raro pensar que Brad y Elena

estaban muertos y que de pronto era el tutor legal de su hija.

—¿Estás bien? —le preguntó Trish, mirándolo preocupada.

—Sí, es que… no acabo de creerme que mi hermano y mi cuñada no vayan a volver. Es extraño que de un plumazo hayan desaparecido de mi vida… así, de repente —murmuró Nate chasqueando los dedos.

—Me lo imagino.

Trish se acercó a él y le puso una mano en el hombro. Nate bajó la vista al bebé. Ya no volvería a ver a Brad ni a Elena, pero tenía a Jane… Y era su deber cuidar de ella. Tenía que ser fuerte por ella, por los dos.

Ladeó la cabeza y miró por el rabillo del ojo a Trish. Seguía observándolo con preocupación.

—Pero volviendo a lo que estábamos hablando, sí, esa es la razón por la que he estado durmiendo ahí sentado —le dijo sobreponiéndose—. Como Jane hace todos esos ruidos que no sé si son normales…

—Lo son —le aseguró Trish—. Por cierto, ¿qué tiempo tiene? ¿Cinco meses?

—Casi seis.

Trish dio un paso atrás y se puso a dar vueltas, lo que provocó que Jane sonriera de oreja a oreja, soltando un gritito de entusiasmo. Trish dejó de girar y le miró la boca.

—Um… Aún no tiene ningún diente. Pero si le cuesta dormir puede que sea porque le estén saliendo y las molestias la despierten.

—Ah, ya veo —murmuró Nate. Otra cosa que a él jamás se le habría ocurrido—. Eso es normal, ¿no?

Trish asintió con una sonrisa, y giró una vez más,

arrancándole a Jane lo que sonó como una risa, una risa de verdad.

–En fin, el caso es que lo primero que tenemos que hacer es arreglar esta habitación –concluyó.

–Un segundo –le pidió Nate.

Sacó su móvil del bolsillo y llamó a Stanley por videoconferencia.

Al poco rato apareció en la pantalla la cara de su secretario.

–¿Qué pasa? –protestó–. Son más de las siete.

–Hola a ti también –dijo Nate con sorna–. Necesito que me compres unas cosas. Ve apuntándolas: un teléfono móvil para la señorita Hunter.

Trish puso los ojos en blanco y suspiró, pero no protestó.

–¿Qué más? –preguntó Stanley.

Nate miró a Trish.

–¿Qué más? –le preguntó.

–Una cuna, un cambiador, una cómoda con cajones, una mecedora, un carrito de paseo, una sillita para el coche, una trona…

–¿Lo has apuntado todo? –le preguntó Nate a su secretario.

–¿Es esa la chica? Vino primero aquí y tuve que mandarla para allá –murmuró Stanley en un tono distraído, como si aún estuviera escribiendo.

–Sí –contestó Nate–, la he contratado temporalmente como niñera. Ah, también necesito que hagas efectiva una donación a la fundación Un Niño, un… –no se acordaba del nombre completo.

–Mundo –le recordó Trish–. Un Niño, un Mundo.

–Un Niño, un Mundo –le repitió Nate a Stanley–.

Quiero hacer una donación por valor de doscientos cincuenta mil dólares. Y luego te daré los detalles para que me redactes un contrato por un mes para ella de veinte mil dólares que se le fraccionarán en pagos semanales.

Stanley, que seguía anotando, se quedó callado un momento antes de mirar a la pantalla con las cejas enarcadas.

—¿Puedo pedir un aumento?

Nate resopló.

—No.

Stanley bajó la cabeza y continuó escribiendo.

—Debe estar muy cualificada para el puesto —murmuró en ese tono distraído otra vez—. Y tiene buen tipo, además.

Nate contrajo el rostro.

—Y te está oyendo —le recordó.

Stanley se quedó callado y levantó la cabeza con unos ojos como platos. Carraspeó, azorado, y cuando habló de nuevo fue en su tono más profesional.

—¿Para cuándo necesitas todo esto?

Nate miró a Trish y le sorprendió ver que no solo no parecía enfadada, sino que además estaba conteniendo la risa.

—Lo antes posible —acertó a decir ella.

—¿Lo has oído? —le preguntó Nate a su secretario.

—Sí, lo he oído. De acuerdo, haré lo que pueda —dijo Stanley, y cortó la llamada.

Nate se volvió hacia Trish. Sí que tenía buen tipo. Y, según parecía, también sentido del humor.

—Eso ha sido un poco... incómodo —comentó ella divertida.

Nate sonrió.

–Un poco, sí. Supongo que debería tener una charla con él.

De pronto se oyó la voz de Rosita llamándolo desde el piso de abajo.

–La cena está en la mesa –dijo–. ¿Necesitan alguna cosa antes de que me vaya?

Nate miró a Trish, que sacudió la cabeza. Esas dos semanas, cada vez que Rosita se había ido a casa a las seis, dejándolo solo con la pequeña, el pánico se había apoderado de él, pero esa noche no tenía por qué preocuparse; Trish estaba allí para ayudarlo.

–Creo que nos las arreglaremos –respondió–. Buen fin de semana, Rosita.

–Igualmente –respondió la mujer en tono de alivio.

Poco después se oyó el ruido de la puerta de la entrada cerrándose.

–Es muy buena cocinera, pero no le gustan nada los niños –se sintió en la obligación de explicarle Nate a Trish.

–Eso me ha dicho –asintió ella–. Por cierto, espero que lo de mi salario no te cause problemas con tu secretario…

–No te sientas mal por Stanley –le dijo Nate–. Cobra cincuenta dólares la hora. Sé que es un poco bruto, pero confío en él tanto como en Rosita. Sé que ninguno de los dos iría jamás a la prensa con chismes sobre mí o sobre mi familia.

–Valoras mucho tu privacidad, ¿no?

–Como cualquiera, imagino –contestó él, encogiéndose de hombros.

No quería que la conversación siguiera por ese camino. Aunque Trish le gustaba e iban a convivir durante un mes, no por eso tenía que desnudarle su alma y compartir sus secretos más íntimos con ella. Mejor cambiar de tema.

–¿Bajamos a cenar? –le propuso–. Y luego, si quieres, te enseño el resto de la casa y tú me enseñas cómo se prepara un biberón.

Trish lo miró, como sorprendida de que quisiera aprender, pero luego esbozó una sonrisa y asintió.

–Me parece bien.

Capítulo Seis

Trish estaba en la cama, pero no estaba dormida. Había tanto silencio en aquella casa… Estaba acostumbrada al ruido del televisor de la señora Chan en el piso de arriba, y a oírla discutir con su hija en chino por teléfono, pero allí no se oía ni una mosca.

Después de que Rosita se marchara habían bajado al comedor, donde los esperaban unas enchiladas de pollo deliciosas. Aunque con la niebla no se veía mucho más que la silueta de los árboles del jardín, Nate le había dicho que cuando estaba despejado podía admirarse a través del ventanal, que iba del suelo al techo, una magnífica vista del Golden Gate. Durante los últimos cinco años lo único que ella había visto por los ventanucos del sótano de la señora Chan había sido la acera de la calle.

Al acabar de cenar, Nate le había enseñado, como le había prometido, el resto de la casa. Tenía hasta una sala con un equipo *home cinema* para ver películas y jugar a la consola, y un gimnasio en el sótano.

Trish se sentía como un pez fuera del agua. Aquella enorme y elegante casa, el que hubiera una empleada que limpiara y cocinara… todo aquello le recordaba que su vida y la de Nate Longmire eran como la noche y el día. Se le hacía muy raro estar viviendo de repente en medio de tanto lujo. Sin embargo, a pesar de que fuera

61

un magnate multimillonario, tenía que decir a su favor que parecía que se preocupaba de verdad por el bienestar de su sobrina.

Su padrastro era un buen tipo. Mantenía a su madre, Pat, y a aquellos de sus hermanos que aún vivían en casa, y eso ya era mucho. Incluso le había prestado a ella los trescientos cincuenta dólares que había necesitado cinco años atrás para la fianza que había tenido que pagarle a la señora Chan por el alquiler. Y entonces solo llevaba dos años con su madre.

Habían pasado muchos otros hombres por la vida de su madre, y ninguno de ellos se había preocupado jamás ni por ella ni por sus hermanos, ni por los hijos que su madre había tenido de otras relaciones, ni por los que había tenido con ellos. ¡Si hasta su propio padre biológico las había abandonado a su madre y a ella!

Por eso el ver a Nate esforzarse y preocuparse tanto por Jane la había sorprendido gratamente. Después del tour por la casa, habían ido a la cocina y le había enseñado a preparar un biberón. Nate había tenido que hacer tres intentos, y se habían reído mucho porque la primera vez le había salido algo más parecido a papilla. Incluso se había animado a cambiarle el pañal a Jane siguiendo sus indicaciones.

Nada que ver con el indeseable que su madre se había llevado a vivir con ellos a sus nueve años. Solo se había quedado un año, pero había sido un auténtico infierno. Aquello la había hecho más fuerte de lo que jamás habría creído que podía ser, y había decidido que protegería a sus hermanos pequeños, que terminaría el instituto y se largaría de la reserva, y que jamás volvería a estar a merced de ningún hombre.

Un ruido sordo despertó a Trish. Se incorporó y se quedó escuchando. Según el reloj de la mesilla era la una y media. Debía haberse quedado dormida sin darse cuenta.

Y entonces, lo oyó, un gimoteo quejumbroso que iba en aumento. Jane se había despertado. Apartó las sábanas y se bajó de la cama para ir al cuarto de la pequeña. Encendió la luz del baño y dejó la puerta entreabierta para poder ver en la penumbra y llegar al corralito.

Jane se había zafado de la mantita en la que la había envuelto, y estaba pataleando.

–Shh... No pasa nada, cariño –dijo levantándola–. Estoy aquí, contigo. Vamos a por un biberón. No queremos despertar a Nate, ¿verdad?

Apenas había dicho esas palabras cuando se abrió la puerta de la habitación y se encendió la luz. Jane contrajo el rostro y se puso a llorar.

Trish parpadeó, y al volverse vio que en el umbral estaba Nate, en camiseta y boxers.

–¿Va todo bien? –preguntó adormilado.

–Nate, la luz, apágala –lo increpó Trish.

–¿Qué?

–¡La luz! –le siseó ella–. Apágala, por favor; has sobresaltado a Jane al encenderla.

–¡Ah! –exclamó él. Y en cuanto se hubo apagado el llanto del bebé, se tornó en un suave gimoteo–. Perdón, no me había dado cuenta.

No le extrañaba que esas dos semanas Nate apenas

hubiese dormido. Si había saltado de la silla para encender la luz cada vez que Jane había hecho un ruido, solo habría conseguido despertarla del todo y que le costase volver a dormirla.

No pudo evitar que sus ojos recorrieran la figura de Nate, que todavía no parecía haberse dado cuenta de que estaba allí plantado en boxers y camiseta. Aun con el cabello revuelto y cara de sueño estaba increíblemente atractivo, y se encontró imaginándose acurrucada en la cama junto a él. Los pezones se le endurecieron bajo la camiseta de tirantes que llevaba.

¿Pero en qué estaba pensando? Rogó porque con la penumbra Nate no pudiese verlo, pero por si acaso cambió a Jane de postura en sus brazos para taparse el pecho.

–Vuelve a la cama; ya me ocupo yo –dijo yendo hacia él.

Nate bostezó.

–¿No necesitas que te ayude en nada?

–No, solo voy a llevarla abajo para darle un biberón –respondió Trish, deteniéndose frente a él–. Y luego la cambiaré y la volveré a acostar.

Él se rascó la coronilla y le preguntó:

–¿Quieres que baje yo a hacerle el biberón?

–No hace falta. Me pagas para que me ocupe de Jane por las noches, ¿recuerdas?

Nate volvió a bostezar.

–Es verdad. Pero si necesitas algo, despiértame.

–Lo haré.

Trish quería salir al pasillo, pero Nate, que seguía medio dormido, no se apartaba del umbral de la puerta, y tuvo que pasar de lado, rozándose contra él. Y entonces, de repente, como esa tarde cuando ella había vuelto, Nate se inclinó para besar la cabecita de Jane.

—Sé buena chica —le susurró. Al erguirse, sus ojos se encontraron con los de Trish. Estaban tan cerca... —. ¿Seguro que no me necesitas?

Bajó la vista a su boca y se inclinó un poco. Trish podía sentir su cálido aliento en los labios. Por un momento pensó que iba a besarla, y un cosquilleo le recorrió la espalda.

—Seguro —murmuró. Por alguna absurda razón, se moría por acariciarle la barba—. Lo... lo tengo todo controlado.

—Entonces... buenas noches.

Se apartó por fin y volvió a su habitación. Cuando hubo cerrado la puerta tras de sí, Trish respiró aliviada. Las rodillas le flaqueaban, y tuvo que apoyar la espalda contra la pared. Había sobrevivido a la primera noche. ¡Solo le quedaban otras veintinueve!

A lo largo de la noche pasada, la primera en dos semanas en la que había podido dormir, Nate había oído a Jane salir llorando un par de veces más. Las dos veces se había despertado sobresaltado, pero luego había oído los suaves pasos de Trish, la preciosa mujer que le hacía pensar en cosas en las que se suponía que no debía pensar.

Y las dos veces había estado a punto de levantarse, pero se había contenido. Al fin y al cabo, como había dicho Trish, estaba pagándole para que también se ocupara de Jane por las noches.

No debería haberse levantado ni la primera vez, pero es que aún estaba nervioso por que le pudiera pasar algo a la pequeña. Trish le había parecido un ángel venido del cielo para salvarlo, con su figura curvilínea silueteada por la luz que salía de la puerta entornada del baño.

Había estado a punto de besarla, a punto de faltar a su promesa. Solo podía achacarlo a la falta de sueño, a que estaba demasiado cansado, porque esas cosas no le pasaban; era perfectamente capaz de controlarse.

Se volvió hacia la mesilla de noche para mirar qué hora era. Las siete menos diez. Vaya… Normalmente dormía hasta bastante más tarde, como las nueve o las diez. Cerró los ojos de nuevo y se acurrucó, pero no lograba volver a dormirse.

No podía dejar de pensar en Trish, sonriéndole como le había sonreído, divertida, cuando había estado enseñándole a preparar un biberón, y mirándolo de un modo cálido, casi afectuoso. Tal vez fuera por eso por lo que había estado a punto de besarla, porque su subconsciente le decía que esas miradas y esas sonrisas podían significar que se sentía atraída por él.

Claro que, si supiese lo de Diana… tal vez no volvería a mirarlo ni a sonreírle de esa manera. Aunque tampoco tenía que preocuparse porque Brad fuese a aparecer y encandilar a Trish como había hecho con Diana. Nada más pensar eso se sintió fatal, porque Brad estaba muerto, pero era la verdad.

El caso era que casi había roto la promesa que le había hecho a Trish, y si la enfadaba saldría por la puerta y no volvería. Preocupado, se bajó de la cama y se puso unos vaqueros. Se disculparía con ella, sí, eso era lo que iba a hacer. Y en adelante se cuidaría de mantener separada a Trish Hunter, la niñera de su sobrina, de Trish Hunter, la mujer con la que no podía dejar de fantasear. No era la clase de hombre que pensaba con la entrepierna. Era mejor que Brad, que Dios lo tuviese en su gloria.

Mientras bajaba la escalera, intentó encontrar las palabras adecuadas para que la disculpa por su comportamiento sonara madura y responsable, pero nada de lo que se le ocurría le parecía apropiado.

Fue al salón, pero Trish y Jane no estaban allí. La cocina también estaba desierta, aunque había un par de biberones lavados en el escurreplatos. Finalmente, al entrar en el comedor y ver abierta la puerta cristalera por donde se salía al patio, dedujo que debían estar allí.

Y no se equivocó. Al asomarse vio que Trish, con el cabello suelto y vestida con vaqueros y una blusa de franela, estaba sentada en uno de los sillones de mimbre en torno a la mesa con Jane en su regazo, tapada con una mantita, observaba la silueta del Golden Gate emergiendo de la niebla, que ya se estaba disipando, mientras tarareaba una melodía y le frotaba la tripita a la pequeña.

La escena era tan hermosa y le infundía tanta paz, que Nate vaciló. No quería estropear la magia del momento plantándose frente a ella y abriendo su bocaza para soltarle una disculpa torpe. Solo quería impregnarse de aquella serenidad un instante más, se dijo, y mientras las miraba, su ansiedad pareció disiparse un poco.

–Buenos días –lo saludó Trish con esa voz tan dulce que tenía.

Nate salió al patio y, cuando llegó junto a ellas, Jane sonrió y alargó su manita hacia él. Aquello sí que era una novedad: se alegraba de verlo.

–Buenos días –respondió–. ¿Una noche dura?

–Las he tenido peores –dijo ella con una sonrisa–. Tenías razón; la vista es increíble.

Nate dejó que Jane le agarrara el índice, y la sonrisa de la pequeña se hizo aún mayor.

–Se la ve contenta –dijo Nate–. Quiero decir… bueno, ya sabes a qué me refiero. No la había visto sonreír hasta ahora.

Trish bajó la vista a la cabecita del bebé y le acarició el fino cabello.

–Ayuda que esté durmiendo y comiendo mejor –dijo.

Se quedaron callados. Nate sabía que tenía que disculparse, y la única manera de hacerlo era agarrando al toro por los cuernos.

–Respecto a lo de anoche…

–He hecho café, por si quieres ir a la cocina a servirte una taza, aunque no está muy bueno –lo interrumpió ella antes de volver a fijar la vista en el horizonte.

Jane gorjeó y giró la cabecita también, pero sin soltar el dedo de Nate. Este no sabía cómo retomar lo que quería decirle, pero sí sabía que tenía que tragarse su orgullo, comportarse como un hombre y aclarar las cosas.

–Siento haberme pasado de la raya anoche –le dijo de sopetón–. Estaba medio dormido y…

Trish levantó la cabeza hacia él y lo miró confundida.

–¿De qué hablas?

–Pues de que… –Nate tragó saliva y bajó la vista a sus pies–. De que estuve a punto de…

–¿De besarme?

Nate se sonrojó.

–Bueno, sí.

Trish ladeó la cabeza, como si estuviera sopesando su confesión.

–Pero no lo hiciste.

–Porque ese era el plan. No quiero romper nuestro acuerdo. Gracias a ti Jane está bien, está contenta, y quiero que te quedes todo el mes –le dijo él apresuradamente.

–Pero no me besaste –insistió ella–. Además, no es como si te hubieras colado en mi habitación en mitad de la noche. Ni estás intentando obligarme a hacer nada contra mi voluntad.

–Jamás haría eso –respondió Nate.

Trish asintió.

–Entonces me quedaré. Un trato es un trato. Y no hay nada de malo en que uno se sienta atraído por el otro si no vamos más allá.

–Estoy de acuerdo.

Fue entonces cuando Nate cayó en lo que Trish había dicho. ¿Si no vamos más allá? ¿Ella también se sentía atraída por él? Lo cierto era que daba igual, porque aunque se sintiera atraída por él, no iba a hacer nada al respecto porque ese era el acuerdo al que habían llegado. Por un mes. ¿Y cuando el mes terminara…? Mejor no pensar en eso.

Al bajar la vista se fijó en que la taza de Trish estaba casi vacía.

–¿Te traigo más café? –le preguntó–. Creo que yo me tomaré una taza también.

–Sí, gracias.

Capítulo Siete

Nate tardaba tanto en volver que Trish estaba pensando en ir a buscarlo, pero la niebla se había disipado por completo, y la vista era tan increíble y el sillón de mimbre era tan cómodo, que se quedó allí sentada jugando con Jane. En solo veinticuatro horas el carácter de la pequeña había dado un giro de ciento ochenta grados. Ahora se mostraba alegre y sonriente, y sí, tal y como había imaginado, estaban saliéndole los dientes.

Tendría que comprarle unos cuantos mordedores y empezar a darle papillas e ir introduciendo en su dieta alimentos más sólidos. También tenía que conseguir mantenerla despierta hasta después del almuerzo. Lo que aquella niña necesitaba era tener establecidas unas horas de sueño, y cuanto antes mejor.

Finalmente Nate reapareció con una bandeja.

—¿Desayunamos? —dijo dejándola sobre la mesa.

Trish se inclinó hacia delante y vio que había beicon, huevos revueltos, tostadas con mantequilla, café y un biberón.

—¡Vaya! —exclamó sorprendida—. Estaba preguntándome por qué tardabas tanto.

—Es que probé tu café, y es verdad que está malísimo —contestó él con sorna, sentándose a su lado—, así que pensé que, para contrarrestarlo, prepararía un buen desayuno. No sabía si a Janie le tocaba ya el biberón o no, pero decidí hacerle uno por si acaso.

–No imaginaba que cocinaras. Creía que para eso tenías a Rosita –comentó ella, tomando una tostada y dándole un mordisco.

–Algo tengo que comer cuando no está –respondió Nate–. Ella cocina mejor, claro, pero tampoco me apaño mal yo solo –tomó un plato para servirle–. ¿Beicon y huevos?

–Sí, por favor.

Aquello era surrealista, pensó Trish. Uno de los solteros más cotizados de Silicon Valley le había preparado el desayuno.

Comieron en silencio mientras el sol bañaba el Golden Gate. El vecindario ya estaba despertándose. Ya empezaban a oírse coches y las voces de la gente de otras casas, pero todos esos ruidos parecían venir de muy lejos.

–Este barrio parece muy tranquilo –comentó.

–No, es que contraté a un paisajista para que diseñara el jardín de modo que aislara el ruido del exterior –le explicó Nate–. Bordeando el perímetro hay un muro de un material especial que amortigua el ruido. Está camuflado con plantas trepadoras, con arbustos y árboles, para que quede más estético. También cumple otra función: la de mantener alejados a los curiosos y a los intrusos. Hay mucho loco suelto por ahí.

–¿Dónde vivías antes de mudarte aquí?

–Tenía un apartamento en Mission District.

Jane alargó su manita hacia la tostada de Trish, pero esta le dio el biberón. Quería ir poco a poco antes de darle pan u otros alimentos.

–¿Y tú? –le preguntó Nate.

–Los últimos cinco años… bueno, todo el tiempo que llevo en San Francisco, he vivido de alquiler en un cuchitril de Ingleside.

–Pero no eres de aquí.

Trish sacudió la cabeza.

–Nací y me crie en la reserva india de Pine Ridge, en Dakota del Sur.

–¿La misma para la que recauda dinero tu asociación?

Ella asintió.

–Hay muchísima pobreza, aunque poco a poco la situación va mejorando. El colegio al que yo fui no era más que una vieja caravana –le explicó con un suspiro.

Nate frunció el ceño.

–Espera, dijiste que tenías veinticinco años y hace un momento has dicho que llevas cinco aquí, ¿no?

–Así es.

–Entonces… ¿no fuiste a la universidad hasta cumplir los veinte? –inquirió Nate. Cuando ella lo miró con los ojos entornados, añadió–: No es una crítica. Es que me ha sorprendido, eso es todo; salta a la vista que eres inteligente. Me habría sorprendido menos si te hubieses licenciado un año antes que el resto de tu promoción, o algo así.

Trish dejó la tostada en el plato. Había perdido el apetito, y Jane estaba un poco revoltosa, así que la levantó de su regazo y le sostuvo el biberón para que acabara de tomárselo.

–Supongo que podría haberlo hecho si hubiese ido a un colegio normal o me hubiese criado en una familia normal, pero no fue así.

–¿No?

Trish vaciló. No sabía si debía hablarle de eso; era demasiado personal. Claro que, teniendo en cuenta que iba a donar una importante suma a su asociación, si consiguiera que comprendiese lo difícil que era la vida en la reserva, quizá se interesaría de verdad por su gente y se animaría a hacer algo más que firmarle un cheque. Quizá incluso podría convertirse en asesor de la asociación.

Lo malo era que, si se lo contaba, seguramente haría como otras personas a las que se lo había contado, empezaría a mirarla con compasión, y no quería su compasión. No quería la compasión de nadie. Lo único que quería era respeto.

Por un momento pensó en contarle una mentira, pero no quería mentirle. Nate había sido sincero con ella, así que ella también debería ser sincera con él. Pero eso no significaba que no pudiera quitar un poco de hierro a la dura realidad.

–La vida no siempre es justa –murmuró–. Perdí un par de años de colegio porque tenía que ayudar en casa.

Eso de «ayudar» era quedarse corta. Haber criado a sus hermanos y haber enterrado a uno de ellos no había sido «ayudar en casa», había sido hacerse cargo de todo.

Nate se quedó callado, como sopesando sus palabras.

–No, es verdad que la vida no es siempre justa. Si lo fuera… no estaríamos aquí.

–Exacto –asintió Trish–. Aunque debo decir que tampoco está tan mal trabajar para un multimillonario que te sirve el desayuno –añadió con una sonrisa traviesa.

Nate sonrió, pero luego se puso serio y le dijo:

–Deberíamos establecer un horario. Tú tienes que asistir a tus clases, y seguro que yo puedo ocuparme de Janie el tiempo que estés fuera, ¿no?

–Pues claro. Aprendes muy rápido.

A Trish la divirtió verlo sonrojarse por ese cumplido. ¡Y vaya si no se ponía aún más guapo cuando se le subían los colores a la cara!

–¿Qué días tienes clase?

–He conseguido juntarlas todas los martes y los jueves, pero el problema es que la universidad no está lo que se dice a tiro de piedra. Tardaré por lo menos una hora en llegar y en volver, aunque…

–No dejaré que vayas en autobús –la cortó él.

Su tono autoritario hizo a Trish dar un respingo.

–¿Perdón?

–No puedo permitir que pierdas un par de horas en ir y volver. Tengo un coche, y puedes usarlo cada vez que te haga falta.

Un coche que podría utilizar cuando le hiciera falta… Solo había un problema.

–No puedo hacer eso.

–Pues claro que puedes. Estás trabajando para mí, y tu tiempo es valioso para los dos. No voy a permitir que pierdas ese tiempo solo porque no quieres tomar prestado mi coche.

Trish lo miró irritada.

–No tengo carné de conducir.

Nate enarcó las cejas, como si aquello fuera lo último que hubiera esperado que dijera.

–Es que… no podía permitirme las clases, ni lo que cuesta hacer el examen, y tampoco podía comprarme un coche, así que… ¿qué sentido habría tenido?

–Pues entonces contrataré un servicio de coche con chófer para que te lleve –decidió Nate.

–No.

–¿Porque es demasiado caro?

–Pues sí –respondió ella con las mejillas encendidas–. Me parece tirar el dinero, cuando puedo ir en autobús.

–Soy yo quien va a pagarlo, y soy yo quien manda. Irás en coche. Y te llevaré yo mismo si te encabezonas en que no contrate a un chófer.

–Todo esto es ridículo –masculló ella, bajando la vista a Jane, que estaba acabándose el biberón–. Ya me pagas un montón de dinero, sin contar la comida y el alojamiento. Y el móvil que vas a darme.

Cada vez le debía más, y era una sensación incómoda.

Nate resopló.

–¡Venga ya! ¡Si fuera a llevarte en mi avión privado o algo así! –dijo con sorna. Y luego, con una sonrisa burlona, puntualizó–: Solo lo utilizo para viajes de más de veinte kilómetros.

A Trish la desconcertó el calor que aquella sonrisa hizo aflorar en su vientre, pero no pudo evitar reírse.

–¿Y tú? –le preguntó–, ¿qué horario tienes?

–Esta semana puedo quedarme en casa, pero el sábado que viene por la noche hay una gala benéfica a la que debería asistir, y los dos sábados siguientes también hay un par de eventos a los que estoy invitado. No sé si en esos días tienes algún compromiso.

–No, no tengo nada planeado.

Sería un alivio que esas tres noches no fuera a pasarlas en casa, pensó Trish, porque a cada momento que pasaba se le hacía más evidente que tenerlo cerca era un peligro para ella. Sobre todo teniendo en cuenta que la noche pasada casi la había besado, y que si lo hubiera intentado… ella le habría dejado.

El lunes por la mañana llegó Stanley con todas las cosas para el cuarto del bebé, el móvil para Trish y el contrato que le había pedido Nate que redactara. Los dos lo firmaron después de que ella lo leyera, y luego Trish se fue abajo con Jane para darle el biberón mientras Stanley y Nate se ponían a montar la cuna.

–Has tenido buen ojo escogiendo niñera –murmuró Stanley cuando se quedaron a solas–. Está muy buena.

–No la he contratado por eso –replicó Nate frunciendo el ceño.

Stanley resopló.

–¡Mira que eres muermo! ¿Cuándo fue la última vez que echaste un polvo?

Nate se puso colorado.

–Eso no tiene nada que ver.

–¡Y un cuerno que no! –exclamó Stanley, dándole un puñetazo en el brazo a Nate, que casi dejó caer el lado de la cuna que estaba sujetando–. Y no intentes negar que te gusta. Te he visto meter la pata con mujeres de todos los tipos y colores cada vez que abrías la boca. Nunca te había visto hablar con una mujer con la calma con que hablas con ella. Es como si los extraterrestres te hubieran abducido y te hubiesen inyectado algo que ha hecho que dejes de ser... bueno, ya sabes, tan patético. Aunque lo más increíble de todo es que parece que a ella le gustas también –murmuró sacudiendo la cabeza, como anonadado.

Nate lo miró furibundo mientras intentaban encajar los lados de la cuna como indicaban las instrucciones de montaje.

–Me dejó muy clara su postura desde el principio: nada de sexo.

Stanley soltó un largo silbido.

–Vaya...

–Acordamos que así sería, y como sabes yo siempre cumplo con aquello a lo que me comprometo.

–Sí, ya lo sé –dijo Stanley, como con lástima–. Eres un bobo santurrón...

Nate optó por cambiar de tema.

–¿Preparaste los papeles para el dinero que quiero donar a su asociación? –le preguntó.

–¿Cómo esperas que esté en todo? He estado algo ocupado buscando todas las cosas que me habías pedido –le espetó Stanley, haciéndose el ofendido–. Tendrías que haber visto la cara de los dependientes que me atendieron en Babies 'R' Us... Se ve que no van por allí muchos hombres solteros con tatuajes y *piercings* como yo. Así que no, no he tenido tiempo para eso. Pero me pondré con ello en cuanto acabemos de montar esta condenada cuna –le prometió. Se quedó callado un momento y le preguntó–: ¿Sigues pensando ir a ese evento del sábado?

Nate asintió.

–Te lo digo porque, por si lo has olvidado, yo tengo un compromiso familiar –le recordó su secretario–. Si te dejo preparado el esmoquin, ¿serás capaz de ponerte tú solo la pajarita?

—Pues claro que sí —respondió Nate molesto. No era un inútil.

Stanley asintió, pero a Nate no se le escapó el modo en que lo miró, como si dudara de que fuera de él.

—¿Vas a llevar a Trish contigo? —le preguntó—. Ya sabes que Finklestein sigue empeñado en emparejarte con su nieta.

Nate maldijo entre dientes y puso los ojos en blanco. Se había olvidado de Martin Finklestein, uno de los miembros más prominentes de la alta sociedad de San Francisco que, por alguna razón, estaba convencido de que su nieta Lola y él eran perfectos el uno para el otro.

—Lo había olvidado. ¿Será demasiado tarde para cancelar mi asistencia?

Stanley resopló.

—Lo que tienes que hacer es llevar a Trish contigo.

—¿Y con quién dejaría a Jane? Porque no pienso volver a tirar de esa agencia de niñeras que buscaste antes de que contratara a Trish. Las dos que mandaron fueron un desastre.

—Tomo nota —dijo Stanley. Le dio un golpe seco a la madera con el dorso de la mano, y consiguió finalmente encajar la cuna—. Listo —dijo—. ¡Menudo trabajo que nos ha costado armar este trasto! Esto de los bebés no da más que problemas.

Eso hizo reír a Nate.

—Dímelo a mí…

***

Trish estaba intentando que Jane durmiera las horas de sueño que tenía que dormir, pero para eso tenía que conseguir que se mantuviera despierta hasta por lo menos la una de la tarde, y para cuando llegaba la hora del almuerzo llevaba ya un par de horas quejosa.

Aunque quejosa era decir poco, pensó Nate, porque estaba berreando sin parar, como las dos semanas antes de que Trish llegara. Era casi insoportable, pero Trish sonreía y mostraba una paciencia infinita con ella.

Pero por suerte pronto empezaron a verse los resultados de los esfuerzos de Trish por establecer unos horarios adecuados. En cuestión de días Jane empezó a dormir desde la una hasta las tres de la tarde, y de despertarse tres veces en la noche pasó a despertarse solo dos, y así pudieron empezar a dormir mejor.

El martes, cuando llegó el momento de que Trish se fuera a sus clases. A pesar de sus protestas, había contratado un servicio de alquiler de coche con chófer.

–Llámame si surge cualquier problema –le dijo Trish antes de irse–. Aunque estoy segura de que Rosita y tú os las arreglaréis perfectamente hasta que vuelva.

A él, que en ese momento le estaba entrando el pánico, esas palabras lo habían reconfortado. Y más aún que al decirlas le hubiera puesto una mano en el brazo y se lo hubiera apretado suavemente. Luego había besado la cabecita de Jane, se había colgado la mochila al hombro, y se había marchado.

–¿Cómo lo ves? –le preguntó Nate a la pequeña cuando se quedaron a solas.

Jane lo miró, como preocupada, y balbuceó algo ininteligible.

–Sí –murmuró él–, a mí me pasa lo mismo.

El día se le hizo bastante largo. Jane lloró unas cuantas veces, pero consiguió calmarla tras mucho esfuerzo, y hasta logró que se echara una siesta.

Aun así, cuando oyó a Trish entrar por la puerta a las cinco y cuarto, Nate respiró aliviado. Jane se había despertado sobre las dos, y desde entonces no había estado de muy buen humor.

–No sabes cómo me alegra que ya estés de vuelta –le dijo saliendo al vestíbulo con la pequeña en brazos.

–¿Un día duro? –preguntó Trish–. Ven aquí, chiquitina –dijo tomándola–. Yo te veo bien. Hasta tiene puesto un pijamita –añadió divertida, mirando a Nate.

Él se sonrojó.

–Estaba lloriqueando hace un momento. No sé si es por lo de que le están saliendo los dientes, o porque te echaba de menos.

–¡Ay, pobrecita mía! –murmuró Trish, acariciándole la espalda.

De pronto a Nate le entraron ganas de pedirle que fuera a la gala benéfica con él. Estaría espectacular con un vestido de noche, y verlo llegar con ella del brazo le pararía los pies a Finklestein y a su nieta.

Solo que probablemente Trish no tenía un vestido de noche y no solo no dejaría que le comprase uno, sino que pondría el grito en el cielo si lo sugiriese siquiera.

Y, como le había dicho a Stanley, no tendría con quién dejar a Jane, así que más le valía dejar de soñar y resignarse a lidiar como pudiera con Finklestein y su nieta.

Capítulo Ocho

El jueves por la tarde, tras sus clases en la universidad, como había un gran embotellamiento e iban a tardar por lo menos cuarenta minutos en llegar, Trish aprovechó para llamar a su familia con su flamante *smartphone* mientras el chófer la llevaba de vuelta a casa de Nate.

–¿Sí? –respondió la vocecita de Patsy, la más pequeña de sus hermanos, al otro lado de la línea.

El hecho de que su madre le hubiera puesto su nombre a ella y la menor de sus hermanas siempre le había parecido una muestra más de su dejadez. Las tres se llamaban Patricia, pero utilizaban diminutivos distintos: su madre era Pat, su hermanita Patsy, y ella Trish.

–¡Eh!, ¡hola, pequeñaja! –la saludó Trish.

–¡Trish! –exclamó entusiasmada su hermanita–. Te echo mucho de menos. ¿Cuándo vas a volver? ¿Vas a mandarme más regalos? Me encantaron esos cuadernos tan chulos que me mandaste la última vez –le dijo de corrido.

Trish no pudo reprimir una sonrisa.

–Pues no lo sé, ya veremos. ¿Sigues yendo al colegio? Antes de mandarte más regalos quiero asegurarme de que estás estudiando y sacando buenas notas.

Patsy suspiró de un modo muy cómico, y Trish se la imaginó poniendo los ojos en blanco.

—Sí, voy todos los días. La señorita dice que soy la que mejor lee de toda la clase.

—Estupendo.

—¿Cuánto vas a volver?

—Me temo que hasta dentro de un par de meses no —contestó Trish con suavidad.

—¿Qué? ¿Por qué? —protestó Patsy—. Creía que volverías cuando terminaras la universidad.

—Ha surgido algo. Me ha salido un trabajo y voy a tener que quedarme un poco más.

Patsy se quedó callada un momento, como si estuviese tratando de asimilarlo.

—¿Y te gusta ese trabajo?

—Sí —respondió Trish sin vacilar.

La comida, la casa, la adorable niñita de la que estaba cuidando… hasta dejando a un lado su exorbitante salario podía decir que aquel trabajo era una bendición. Y eso sin contar a Nate; no todo el mundo tenía la suerte de tener a un jefe encantador.

—¿Está mamá en casa? —le preguntó a Patsy.

—No, a ella también le ha salido un trabajo. Pero papá sí que está. ¿Quieres hablar con él?

—Claro, pásame a Tim.

Por lo que a Patsy respectaba, Tim, que había llegado a sus vidas cuando ella tenía solo dos años, era su padre. Era un buen tipo, pero Trish no podía verlo de la misma manera.

—¡Papá! —chilló Patsy, haciendo que Trish contrajera el rostro y se alejara el móvil del oído—. ¡Es Trish! —luego, en un tono normal, le dijo a ella—: Espero que vengas pronto. Así podré enseñarte el premio que me dieron por escribir una redacción en lakota.

Trish sintió una punzada de tristeza. Se había pasado toda su adolescencia cuidando de sus hermanos, y los había acompañado a los entrenamientos de baloncesto, había asistido a sus ceremonias del colegio… pero durante los últimos cinco años se había perdido todo eso.

—¿Te dieron un premio? ¡Eso es estupendo, pequeñaja! Estoy deseando verlo.

—Ya está aquí papá —anunció Patsy—. ¡Hasta luego, Trish!

—Hasta lego, Patsy. ¡Cuídate y pórtate bien!

Un instante después la saludó la voz ronca de Tim.

—Hola, Trish.

—Hola, Tim, ¿cómo van las cosas por ahí?

—No nos va mal. Tu madre ha empezado hace poco un nuevo trabajo. Tu hermana Millie le consiguió un puesto administrativo en la comisaría de policía. Pasa a máquina los informes y los archiva.

—¿En serio? ¿Y cómo lo lleva? ¿Está contenta?

A su madre no le duraban mucho tiempo ni los trabajos ni los hombres, aunque Tim era la excepción hasta la fecha. ¡Ojalá aquel empleo le durase!

—Bueno, ya sabes cómo es —dijo Tim—. Pero estando en la comisaría se entera de un montón de chismes y esas cosas le gustan, así que creo que puede que esta vez no se canse tan pronto.

—Eso espero —dijo Trish—. Llamaba porque a mí también me ha salido un trabajo por un mes, y quería daros la dirección y el teléfono, por si necesitáis poneros en contacto conmigo para algo.

—Dame un segundo, voy a buscar un papel y un bolígrafo —le pidió Tim—. De acuerdo, dispara.

Trish le dio la dirección y su número de móvil.

–Por cierto, que me pagan muy bien por el trabajo que estoy haciendo –le dijo–. Por fin podré devolverte los trescientos cincuenta dólares que me prestaste para la fianza del alquiler.

Hubo un momento de silencio al otro lado de la línea que Trish no estaba muy segura de cómo interpretar.

–Trish, no hace falta que me lo devuelvas –le dijo finalmente.

–Pero es que quiero hacerlo –replicó ella–. Tengo un buen salario y…

–Trish –la interrumpió Tim–, ese dinero fue un regalo. Quería demostraros a tus hermanos y a ti que me importáis, y ellos han dejado que les ayudara en todo lo que buenamente he podido, pero tú siempre has sido más independiente. Por eso no lo dudé cuando nos dijiste que necesitabas ese dinero. Te merecías una oportunidad para volar del nido y probar tus alas.

–Yo… Te estoy muy agradecida –dijo Trish, con un nudo en la garganta–. Si no hubiera sido por ti, no habría podido marcharme, ni matricularme en la universidad, ni habría montado la asociación.

Se habría quedado estancada en la reserva, sin perspectivas, sin esperanzas.

–Pero no tenías que darme nada –añadió–; eres el único que se ha preocupado por nosotros. Deja que te devuelva el dinero; puedes utilizarlo para comprarle algo a mis hermanos –le dijo con voz temblorosa.

Tim se rio suavemente.

–Eres la chica más cabezota que he conocido –dijo–. Y también la más dura. Aunque con una madre como

Pat imagino que acabaste siéndolo por necesidad, para sobrevivir –añadió en un tono más serio.

Trish no pudo contenerse y le preguntó:

–¿Por qué sigues con ella?

Siempre había querido saberlo. Comprendía a los otros hombres que habían estado con su madre: era guapa, divertida, le gustaba pasarlo bien y, aunque había tenido diez hijos, seguía teniendo una buena figura. Pero ninguno se había quedado mucho tiempo con ella, porque antes o después surgían los problemas, y se desvanecía la atracción que sentían hacia ella. A veces aquello había sido algo bueno, y otras veces no tanto.

Tim volvió a reírse con suavidad y respondió:

–Supongo que, como se suele decir, el amor te cambia. Sé que Pat no es perfecta, pero tampoco yo lo soy. Y prueba de ello son los matrimonios fallidos que he tenido. Pero tener a tu madre a mi lado me hace feliz, y llega un punto en tu vida en que te das cuenta de que eso no es ninguna pequeñez.

–Si tú lo dices…

Tim se rio.

–Entiendo que te cueste entenderlo, porque tuviste que madurar deprisa para ocuparte de tus hermanos, pero aún eres joven, y algún día comprenderás lo que quiero decir. Quédate con ese dinero y cómprate algo que necesites o úsalo para tu asociación. Es tuyo y no quiero que me lo devuelvas.

–Gracias, Tim, yo… –Trish tuvo que tragar saliva para contener las lágrimas–. Significa mucho para mí.

–No me des las gracias, mujer. ¿Quieres que le diga a tu madre que has llamado?

–Sí, por favor. Y dile que me alegro de que esté contenta con su nuevo trabajo.

–Lo haré. Cuídate, Trish.

–Igualmente.

Trish colgó y suspiró. Tim era un buen hombre. Esperaba que esa vez su madre no la fastidiase.

No conseguía hacer el nudo de la pajarita. Pero es que para eso pagaba a Stanley, ¡para que le anudase aquellas estúpidas pajaritas! Había intentado hacerlo una y otra vez como en el vídeo que había visto en YouTube, pero no había manera.

Maldijo entre dientes. Quizá podría ir sin pajarita y decir que era la última moda. Hasta podría ser un experimento sociológico divertido ver cuántos hombres lo imitarían y se la quitarían solo porque Nate Longmire, el magnate de la informática, decía que la pajarita ya no se llevaba.

O podría no ir, sencillamente. Claro que no quedaría muy bien, teniendo en cuenta que la Fundación Longmire, es decir, él, era uno de los patrocinadores de la gala. Y la gente se preguntaría si le habría pasado algo, porque hacía tres semanas que no se dejaba ver en público.

–¿Se puede? –preguntó Trish, asomándose a la puerta abierta–. Veníamos a darte las buenas noches.

Nate se volvió y vio la figura de Trish con Jane en brazos y un biberón en la mano libre. La pequeña tenía la cabeza apoyada en su cuello.

Fue hasta ellas y le dio un beso en la coronilla a su sobrina.

–Buenas noches, Janie. Que duermas bien.

Cuando se irguió, los ojos de Trish se posaron en su pajarita, que parecía cualquier cosa menos una pajarita.

–¿Necesitas ayuda con la pajarita?

–¿Sabes cómo hacer el nudo?

Las comisuras de los labios de Trish se arquearon.

–Creo que no puedo hacerlo mucho peor –dijo divertida–. ¿Puedes esperar un momento a que le dé el biberón a Jane y la acueste?

–Claro.

Nate la siguió con la mirada mientras cruzaba el pasillo y entraba en el cuarto del bebé. La vio sentarse en la mecedora y contarle a Jane la historia de *Ricitos de Oro* mientras la pequeña se tomaba el biberón.

Nate sabía que debería quedarse en su habitación y acabar de prepararse, y quizá hacer otro intento con la pajarita, pero salió al pasillo, como atraído por una fuerza irresistible, y se quedó apoyado en el marco de la puerta, observando la tierna imagen, que le infundía una profunda sensación de paz.

Podía ser que esa sensación se debiera simplemente al alivio de ver que su sobrina estaba en buenas manos, pero había algo más, algo que no sabría explicar.

De pronto se acordó de algo que le había dicho Stanley mientras montaban la cuna, que nunca lo había visto hablar con una mujer con la calma con que hablaba con Trish. ¿Sería eso, que se sentía cómodo con ella? No, tampoco era eso. Había algo más, aunque no supiera qué nombre darle.

Jane se terminó el biberón, y Trish se la puso en el hombro y le dio unas palmaditas para que echara los gases antes de tumbarla en la cuna. Se llevó las yemas de los dedos a los labios y le acarició suavemente la cabecita mientras murmuraba:

—Buenas noches, cariño.

Luego se volvió y fue hacia él. Nate sabía que apartarse para que Trish pudiera cerrar la puerta y dejaran dormir a Jane, pero lo tenía hipnotizado mientras avanzaba hacia él con una sonrisilla en los labios. Era preciosa, sí, pero no le gustaba solo por eso. También le gustaba porque era buena y cariñosa, y sobre todo porque, al contrario que otras mujeres, no lo hacía sentirse como un tonto.

Al llegar frente a él Trish lo empujó suavemente por los hombros para que saliera al pasillo, y cerró sin hacer ruido la puerta tras de sí. Las manos de Nate se habían asido a su cintura… pero solo para no perder el equilibrio, se dijo para justificarse.

—Veamos qué podemos hacer con esa pajarita —dijo Trish, empujándolo de nuevo hacia la puerta abierta de la habitación de él.

Nate retrocedió dócilmente. En ese momento dejaría que hiciese lo que quisiera. Si quería ponerle bien la pajarita, por él estupendo. Y si quería arrancarle la camisa, tampoco intentaría detenerla. Tenía más camisas.

Trish se detuvo a solo unos pasos de la cama, haciendo que Nate maldijera para sus adentros.

—Creo que puedo hacerlo —dijo Trish mientras deshacía la pajarita.

—Seguro que te saldrá mejor que a mí.

Ella sonrió y empezó a hacer la lazada.

—Te queda bien el esmoquin. Se te ve muy…

Él se puso un poco más derecho. Sus manos seguían en la cintura de Trish, y podía sentir el calor de su cuerpo.

–¿Sí?

–No sé, te da un aire… sofisticado. No pareces el chico multimillonario del que habla la prensa –contestó ella mientras ajustaba el nudo de la pajarita.

–Vaya, gracias –dijo él riéndose–. ¿Qué tal ha quedado?

Trish echó un poco hacia atrás la cabeza para mirarlo, pero resopló y sacudió la cabeza.

–No muy bien. Deja que pruebe otra vez –murmuró, deshaciendo la pajarita.

Nate sonrió divertido.

–No es tan fácil como parece, ¿eh?

–No, la verdad es que no –admitió ella mientras volvía a intentarlo–. ¿Dónde dices que vas esta noche?

–A la gala ARTification, un evento benéfico. Soy uno de los patrocinadores –le explicó Nate–. Quería llevarte conmigo como acompañante –le confesó.

Las manos de Trish se detuvieron un momento.

–¿De verdad?

–Sí.

–¿Y por qué no me has dicho nada hasta ahora? –inquirió, deshaciendo la pajarita y empezando de nuevo.

–Porque pensaba que me dirías que no –murmuró Nate–. No sé si sabes quién es Martin Finklestein, pero es un pesado, y está empeñado en que me case con su nieta, Lola.

–¿Y ella no te gusta?

–Me pone nervioso –contestó él, y luego, forzando una media sonrisa, le pidió–: Pero no le digas a nadie que he dicho eso.

Trish no respondió; estaba ajustando el nudo. Nate notó cómo alisaba el lazo con las manos y, cuando las yemas de sus dedos le rozaron el cuello, el corazón empezó a latirle con fuerza.

–¿Por eso querías que fuera contigo? –le preguntó–. ¿Para servirte de escudo ante esa Lola?

Nate sabía que debería quitar las manos de su cintura y dar un paso atrás, que debería hacer cualquier cosa menos bajar la vista y mirarla a los ojos. Estaban demasiado cerca, y no había un bebé entre los dos.

Pero de pronto las manos de Trish se deslizaron por sus hombros y por el frontal de su camisa.

–No, yo…

Sin apenas ser consciente de lo que hacía, sus manos le ciñeron con más fuerza la cintura y la atrajo hacia sí. Se moría por tocarla, por besarla, por tumbarse con ella en la cama y sentirla debajo de él… o encima de él, tampoco tenía manías.

–La verdad es que quería…

Tragó saliva y bajó la vista. Trish estaba mirándolo, y tenía los labios entreabiertos y las mejillas sonrosadas. Parecía una mujer ansiosa por que la besaran.

No supo quién se movió primero hacia el otro, si fue ella o él, pero el espacio que los separaba se desvaneció, los brazos de Trish le rodearon el cuello… Y de repente sus labios se apretaron contra los de él, y Nate respondió al beso.

Sus manos, que parecían haber cobrado vida propia, descendieron por su espalda y agarraron sus nalgas. Trish abrió la boca y él deslizó la lengua dentro de ella para enroscarla con la suya, mientras su erección presionaba contra el vientre de ella. Notó cómo los pezones de Trish se endurecían contra su pecho, y una ráfaga de calor lo sacudió.

Sin embargo, tan repentinamente como habían saltado las chispas, Trish despegó sus labios de los de él, desenganchó los brazos de su cuello y le cepilló los hombros de la camisa con las manos, como para alisar unas arrugas invisibles, como si aquel beso no hubiera ocurrido.

–Vas a llegar tarde –le dijo en un tono quedo.

No era lo que un hombre quería oír después de un beso que lo había dejado prácticamente incapaz de andar.

–Sí, tienes razón, es verdad –murmuró–. Debería… debería irme.

Trish dio un paso atrás, y solo entonces comprobó Nate que el beso no la había dejado tan indiferente como quería que pareciera. Tenía la mirada como nublada, esperaba que de deseo, y su pecho subía y bajaba.

–No… –murmuró, dando otro paso atrás–. No dejes que esa Lola te avasalle, ¿eh?

Nate, que no podía borrar de su cara la sonrisa boba que había aflorado a sus labios, respondió:

–Tranquila, eso no pasará.

Capítulo Nueve

No quería estar allí, rodeado de gente superficial y vanidosa. No quería que las mujeres lo miraran como un cotizado soltero al que echarle el lazo.

–¡Señor Longmire! –exclamó un anciano caballero, acercándose a estrecharle la mano vigorosamente. A Nate su cara le sonaba vagamente–. No estábamos seguros de que fuera a poder venir.

Habría preferido quedarse en casa, aunque Trish se hubiese encerrado en su habitación y él se hubiese pasado la noche viendo películas de artes marciales para no subir tras ella.

Todavía no podía creer que la hubiese besado. Bueno, en realidad era ella quien lo había besado. Él solo había respondido al beso; no era de piedra. Sin embargo, a pesar de que aún lo embriagaba el dulce sabor de sus labios, había un pensamiento que no podía quitarse de la cabeza: había roto el acuerdo.

¿Cómo podía haber hecho algo así? Un trato era un trato, y él jamás faltaba a su palabra. Los peores escenarios posibles cruzaron por su mente, cada uno peor que el anterior, aunque todos terminaban básicamente del mismo modo: encontrándose a la mañana siguiente con que Trish había hecho las maletas y se había ido. Y todo porque él había sido incapaz de resistir la atracción que sentía hacia ella…

–Pero aquí está –dijo el anciano con una sonrisa–. Venga por aquí, por favor. El señor Finklestein ha estado preguntando por usted.

Nate lo siguió a regañadientes. A su paso la gente dejaba de hablar y lo miraban, pero a él le daba igual. En ese momento lo único que le preocupaba era que Trish estuviera haciendo las maletas para marcharse.

–¡Ah, Nate! –exclamó la voz chillona de Lola Finklestein–. ¡Ahí estás!

Nate se volvió hacia ella. Era una lástima lo de su voz, porque era muy guapa. Era esbelta, tenía un elegante cuello de cisne, y siempre llevaba peinada a la moda su negra melena rizada.

Su belleza y el hecho de que era la heredera de la fortuna Finklestein habrían hecho de ella un excelente partido si no fuese por esa voz aguda que hacía que le chirriaran a uno los oídos. Por eso… y por el extraño aroma de su perfume, que era como una mezcla de cebolla y melocotón. No podía imaginar pasar el resto de su vida con tapones en los oídos para amortiguar su voz chillona y encendiendo velas aromáticas por toda la casa para enmascarar el olor de su perfume.

Sobre todo después de aquel beso que había compartido con Trish, de haberla tenido en sus brazos…

–Aquí estoy –asintió, sintiéndose como un condenado a punto de subir al patíbulo.

–Hemos estado preocupadísimos por ti. ¿Dónde te has metido estas tres semanas? No sabes lo aburrido que fue el concierto en el club náutico sin ti.

–Me fue imposible asistir –se excusó Nate.

No iba a decirle que había estado fuera, en el funeral de su cuñada y su hermano. Lo último que quería era recibir las condolencias de gente que no sabía nada de él. Ese era uno de los motivos por los que había hecho lo imposible por ocultarle a la prensa lo del accidente. No podía soportar la idea de que Lola lo abrazase y le dijese una y otra vez cuánto sentía lo de su familia.

Se esforzó por sonreír educadamente, aunque lo que quería era volver a casa con Trish. ¿Podría haber siquiera una posibilidad, aunque remota, de que aquel beso no hubiese sido un error, sino el comienzo de algo?

–En fin, lo importante es que estás aquí –dijo Lola, poniéndose de puntillas para plantarle un beso en ambas mejillas–. Por cierto, que hay alguien que quiero que conozcas –se giró, volviéndose hacia un grupo de personas a su derecha–. Diana, ¿puedes venir un momento?

El nombre era tan común, que al oírlo Nate no pensó en nada, pero se quedó de piedra cuando una rubia vestida de azul se volvió hacia ellos.

Se la veía distinta. Tenía la cara más tirante, los pechos más grandes… ¿y la nariz más fina? Diana Carter, la mujer que casi había destrozado su vida…

–¡Nate! –exclamó.

–¿Lo conoces? –inquirió Lola sorprendida.

Diana fue junto a ellos.

–Sí, Nate y yo nos conocimos… hace mucho tiempo –le explicó a Lola–. ¿Cómo estás, Nate? No esperaba encontrarte aquí.

La sonrisa educada se había borrado de los labios de él. Aquello era, posiblemente, lo peor que podía haberle pasado esa noche.

–Hola, Diana –la saludó con tirantez. Lola iba a

decir algo, pero Nate la cortó–. ¿Podemos hablar un momento… a solas? –le preguntó a Diana–. Espero que no te importe, Lola.

Lola frunció el ceño, pero no dijo nada. Diana lo miró, pestañeó con coquetería y respondió con voz melosa:

–Claro. Por supuesto.

Nate la agarró por el codo y salieron a la terraza.

–¿Qué estás haciendo aquí? –le preguntó, tras asegurarse de que no había nadie más allí fuera.

Ella le lanzó una mirada de reproche, como si la hubiera herido en su orgullo.

–¿Qué forma es esa de saludar a tu prometida?

Nate apretó los dientes.

–Hace tiempo que rompí nuestro compromiso.

Diana suspiró.

–Lo sé, pero… la verdad es quería hablar contigo de eso.

Nate iba a decirle que se fuera al infierno, pero se contuvo. A pesar de lo cambiada que estaba, al mirarla aún podía ver a la mujer a la que creía haber amado. Cuando la había conocido, Diana era una chica tímida e inteligente que llevaba gafas y sonreía de un modo nervioso, la clase de chica que había creído que necesitaba, hasta que la había llevado a casa para que su familia la conociera, y la situación había acabado tomando un giro inesperado.

–¿Para qué? –le espetó.

Diana bajó la vista un momento y lo miró con un aire de estudiada ingenuidad.

–He pensado que… que podríamos olvidar el pasado, que podríamos empezar de nuevo.

Nate no podía dar crédito a lo que estaba oyendo. Ella, que le había roto el corazón, y le había reclamado la mitad de las ganancias de SnAppShot solo porque a él se le había ocurrido la idea para la aplicación cuando habían empezado a salir juntos… ¿Cómo podía tener la desfachatez de pedirle que olvidara el pasado y le diera otra oportunidad?

—¿Me estás diciendo que quieres hacer borrón y cuenta nueva?

Ella tuvo el valor de asentir y mirarlo esperanzada.

—Sí.

No. Ni hablar.

—Brad ha muerto.

Esa vez la reacción de Diana no fue estudiada ni calculada. Se puso lívida y dio un paso atrás, aturdida.

—¿Qué?

—¿Te acuerdas de Brad, mi hermano mayor? Ese con el que te acostabas porque, y corrígeme si es que lo recuerdo mal, según me dijiste, era como yo, pero mejor. Sí, Diana, está muerto.

Ella volvió a retroceder.

—¿Pero cómo…? ¿Cuándo…?

—Después de nuestra disputa en los tribunales se casó con una antigua novia y tuvieron un bebé. Eran muy felices —dijo Nate—. Hasta hace tres semanas. Tuvieron un accidente de coche y murieron los dos.

Diana, que estaba mirándolo horrorizada, se llevó una mano a la boca.

—Yo no… No me había enterado… No lo sabía…

—No, por supuesto que no. Después de que me engañaras con él, y de que intentaras llevarte por la cara la mitad de las ganancias de algo que yo había creado, me di cuenta de que no podía ir por la vida con un lirio en la mano. Aprendí que tenía que evitar mostrar mis debilidades para que la gente no pudiera aprovecharse de mí, y comprendí que tenía que ocultar a los medios los asuntos de mi vida privada y de mi familia.

Diana sacudió la cabeza y retrocedió de nuevo, pero Nate dio un paso hacia ella.

—Tengo que darte las gracias por eso. Y, en respuesta a tu pregunta, no, no quiero hacer borrón y cuenta nueva. No voy a volver contigo porque no confío en ti. Además, tú misma lo dijiste, ¿no? «Puedo aspirar a algo mejor». ¿No fue eso lo que me dijiste? Esa fue tu justificación para acostarte con Brad, porque era mejor que yo en todo. Salvo en que no era un cerebrito, ni tuvo una idea que vale millones. Y ahora que soy uno de los hombres más ricos del mundo, te das cuenta de que no puedes aspirar a nada mejor, ¿no es eso?

—No… eso no es lo que… Yo no…

Nate no se compadeció de aquella Diana patética y balbuceante. No podía perdonar lo que le había hecho. Por su culpa había llegado a pensar que no valía nada, que no era lo bastante bueno, y estaba cansado de que hubiera gente que solo lo respetaba y reverenciaba por su dinero.

Trish no era así. No lo veía como un hombre con una cuenta bancaria al que conquistar y exprimir hasta que ya no le quedara nada.

—No intentes negarlo. Ya no soy el rarito que era tan ingenuo como para sentirse afortunado de que una chica guapa quisiera estar con él, cuando en realidad lo consideraba un perdedor.

–Yo nunca he pensado eso de ti –replicó ella–. Tú me importabas.

–Pues a mí me parece que no debía importarte demasiado, cuando me engañabas con mi propio hermano –le espetó Nate–. Te deseo suerte, Diana. Espero que encuentres a un hombre que sea lo bastante bueno para ti.

Le dio la espalda, volvió dentro, y se abrió paso entre la gente, que parecía un rebaño de ovejas vestidas con esmóquines de Armani y ostentosos vestidos de fiesta. No podría soportar quedarse allí ni un segundo más. Necesitaba respirar, y estaba asfixiándose con aquella estúpida pajarita.

De pronto oyó la voz de Diana llamándolo.

–¡Nate, espera!

No debería detenerse; ya le había dicho lo que tenía que decirle. Pero, por alguna razón, se detuvo y se dio la vuelta.

–Nate –le dijo Diana con lágrimas al llegar junto a él–. Lo siento. Siento lo que te hice. Y siento lo de tu hermano y su mujer. Por favor… –le pidió con voz temblorosa, tomando su mano–. Por favor, acepta mis condolencias.

Las facciones de Nate se suavizaron.

–Gracias –murmuró.

–La envidio –dijo Diana.

Nate frunció el ceño.

–¿A quién?

Diana esbozó una sonrisa temblorosa, y se puso de puntillas para besarlo en la mejilla.

–A la mujer con la que compartas tu vida. Adiós, Nate.

–Adiós, Diana.

Se quedaron mirándose un momento, hasta que ella le soltó la mano y se apartaron el uno del otro. Nate se dio la vuelta y siguió andando, decidido a salir de allí.

–¡Nate! –lo llamó la chirriante voz de Lola– ¡Nate!, ¿adónde vas? ¡Pero si acabas de llegar!

Nate no se detuvo. Le había dicho a Diana lo que tenía que decirle. Al fin y al cabo había estado a punto de casarse con ella años atrás. Pero no tenía nada de que hablar con Lola Finklestein. En cambio sí había cosas que necesitaba decirle a Trish, pensó mientras abandonaba el edificio y corría hacia uno de los taxis aparcados junto a la acera. Solo esperaba que lo escuchase.

Trish tenía el portátil en el regazo y el documento de su tesis abierto, pero no estaba mirando la pantalla. Sus ojos estaban fijos en la ventana del salón, pero fuera estaba oscuro, así que no se veía nada.

No podía dejar de pensar en el beso con Nate, el beso que ella había empezado. No sabía qué le estaba pasando. Ella, que mantenía las distancias con todos los hombres, que a sus veinticinco años no se había acostado con nadie… Estaba segura de que el sexo debía estar bien –¿por qué sino iba a haber pasado su madre de un hombre a otro y a haber tenido diez hijos?–, pero no entraba en sus planes pagar por veinte minutos de placer durante el resto de su vida.

Ella no era como su madre. Dentro de cuatro meses cumpliría los veintiséis, y a esa edad su madre ya había tenido tres hijos, estaba embarazada del cuarto, era incapaz de mantener una relación estable y apenas ganaba para ir tirando.

Pero ella no era así. Ella había ido a la universidad y tenía sus planes. Tenía cosas que hacer, cosas que podría echar a perder por algo tan elevado como enamorarse, o tan vulgar como echar un polvo. No, ella se centraba en sus metas y no se dejaba llevar por sus instintos más básicos.

Sin embargo, todo eso había cambiado desde que había conocido a Nate. De pronto se encontraba preguntándose cómo sería hacerlo con él, si debería hacerlo con él. La verdad era que podría. No era una ignorante; tendría el sentido común de asegurarse de que usaran un preservativo. Así podría disfrutar sin preocuparse del sexo con un hombre por el que se sentía atraída, y no acabaría perdiendo su independencia, como le había ocurrido a su madre.

De pronto se oyó abrirse y cerrarse la puerta de la entrada. Eso la sacó de sus pensamientos, y cuando giró la cabeza vio a Nate en el umbral del salón, agarrado con ambas manos al marco de la puerta, como si estuviese conteniéndose para no ir hacia ella.

–¡Nate! ¿Ha pasado algo? –exclamó ella antes de mirar el reloj. Solo eran las nueve menos cuarto–. Pensaba que tardarías horas en volver.

–Hay algo que quiero que sepas –dijo él con voz ronca y en un tono imperioso.

Trish parpadeó.

–Quiero que entiendas… que yo no soy de los que incumplen un trato.

Dijo aquellas palabras apretando los dientes, como si estuviera furioso consigo mismo… o con ella.

—Cuando doy mi palabra de que voy a hacer algo, o de que no voy a hacerlo, cumplo. Es lo que mis padres me inculcaron.

Trish cerró su portátil y lo puso sobre la mesita. No entendía de qué estaba hablando, y no estaba segura de si iba a despedirla por haberlo besado, o si iba a arrancarle la ropa. Y lo peor era que ella misma no sabría decir cuál de esas dos cosas quería que pasara.

—Ya veo —murmuró.

—Es cuando alguien falta a su palabra… es cuando empiezan los problemas. Y es algo que detesto. Me enferma que la gente me prometa algo y luego no lo cumpla.

Hablaba con tal convicción que, aunque probablemente no pretendía que sus palabras resultasen eróticas, la verdad era que estaba excitándola.

—Lo sé —le dijo—; he oído que puedes mostrarte implacable cuando demandas a alguien.

—Porque tengo que hacerlo —le espetó él casi angustiado, como si detestase demandar a nadie—. Es la ley de la jungla: o matas o te matan —murmuró. Sus manos estaban apretando con tal fuerza el marco de la puerta, que tenía los nudillos blancos—. Hace unos años estuve comprometido. Para casarme.

—¿En serio?

Nate asintió.

—Con una chica llamada Diana Carter —explicó, y sus facciones se ensombrecieron.

A Trish le sonaba el nombre. ¡Ah, sí! Recordaba haber leído que se había enfrentado en los tribunales a una mujer llamada así. Se había rumoreado que tal vez hubiera habido algo entre ellos.

—Espera, ¿no es la mujer a la que demandaste porque quería la mitad de las ganancias de tu aplicación, SnAppShot?

Nate asintió brevemente.

–Estaba en la gala a la que he ido esta noche. Todo este tiempo había intentado no pensar en ella, pero esta noche me he dado cuenta de que lo que me hizo me ha afectado hasta el punto de que minó la confianza que tenía en mí mismo.

–¿Qué te hizo?

–Nos habíamos comprometido; íbamos a casarnos. La llevé a casa para que la conocieran mis padres, y al poco tiempo descubrí que estaba engañándome con mi hermano.

Trish se quedó boquiabierta. No era lo que había esperado oír.

–Luego tuvo la desfachatez de reclamar como suyos la mitad de los ingresos que generaba mi aplicación, como tú has dicho, simplemente porque estábamos saliendo cuando la creé.

–¿Y qué ha pasado esta noche? –inquirió Trish levantándose y dando un paso hacia él.

–Quería que hiciéramos borrón y cuenta nueva –le explicó Nate–. Le dije que ni de broma, que no me fiaba de ella –tragó saliva–. No como confío en ti.

–¿Confías en mí? –inquirió ella, halagada, dando otro paso–. Quiero decir que… bueno, no hace tanto que nos conocemos.

–Te he confiado a mi sobrina, ¿no?

Cuando Trish dio unos cuantos pasos más, acortando la distancia entre ellos, Nate levantó la cabeza bruscamente.

–No te acerques más.

Capítulo Diez

–¿Por qué no quieres que me acerque? –inquirió ella, confundida.

–Porque yo cumplo mis promesas, y te prometí que no habría sexo entre nosotros, que no me aprovecharía de ti. Y si das un paso más, no sé si seré capaz de seguir conteniéndome.

–Entonces… ¿mantendrás la promesa que me hiciste?

Nate tragó saliva.

–Tengo que hacerlo. Solo serán tres semanas más. Contrataré a otra niñera y, cuando ya no estés trabajando para mí, haré las cosas bien y te pediré una cita; te invitaré a cenar o algo así. Es como tiene que ser. No puedo volver a besarte. Te di mi palabra… –murmuró sacudiendo la cabeza.

Trish no conocía a muchos hombres que cumplieran sus promesas. Y lo mismo se aplicaba a las mujeres. Había demasiada gente que tenía por costumbre mentir y engañar. Como los tipos con los que había estado su madre. Pero Nate era distinto. Le había dado su palabra y estaba decidido a cumplirla, aunque le costase un horror. Y eso significaba muchísimo para ella.

Haciendo caso omiso a su súplica, fue hasta él antes de que pudiera reaccionar, y le echó los brazos al cuello. Nate se tensó de inmediato.

–Trish, no.

Era parte un ruego y parte una orden.

–¿Por qué?, ¿porque sino romperás tu promesa?

Nate cerró los ojos con fuerza. Seguía aferrándose al marco de la puerta con ambas manos, haciendo todo lo posible por contenerse y no tocarla.

–Sí.

Trish desentrelazó las manos de su cuello y jugueteó con su pajarita.

–Ahora que lo pienso… yo no te hice ninguna promesa, ¿no?

Nate frunció el ceño.

–Me dijiste que no eras de esas chicas que van por ahí acostándose con cualquiera.

Trish deshizo lentamente el nudo de la pajarita.

–Con cualquiera no –asintió antes de desabrocharle el primer botón de la camisa–. Pero tú no eres cualquiera.

–Trish… –protestó Nate, aún con los ojos cerrados–. ¿Qué estás haciendo?

Trish desabrochó otro botón.

–Asegurándome de que no faltes a tu promesa.

Nate abrió los ojos y la miró contrariado.

–¿Cómo?

–Seduciéndote yo.

Cuando le hubo desabrochado el tercer botón, se puso de puntillas y lo besó en el cuello, justo en la nuez.

–Solo si tú quieres, claro –añadió.

Entonces, y solo entonces, soltó Nate sus manos del marco de la puerta, y la rodeó con sus brazos.

–¿Quieres que lo haga? –le preguntó ella, jugueteando con los picos del cuello de su camisa.

–Esto no tendrá nada que ver con dinero, o asociaciones benéficas, ni nada de eso, ¿verdad? –inquirió él.

Trish se puso otra vez de puntillas y volvió a besarlo en el cuello antes de desabrocharle otro botón.

–No –murmuró.

Cuando rozó con los dientes la piel de Nate, lo notó estremecerse, y esa reacción hizo que una deliciosa ola de calor se extendiera desde su pecho hasta el vientre.

–Esto es entre tú y yo –le dijo–. Solo entre tú y yo…

–Trish… –jadeó Nate.

–Tomaré eso como un sí.

Trish empujó la chaqueta del esmoquin hacia atrás y, apenas hubo caído al suelo, continuó desabrochándole la camisa.

Nate no la tocó, ni intentó quitarle la camiseta, sino que la observó pacientemente mientras terminaba de desabrochar el resto de los botones.

Trish descubrió, irritada, que debajo de la camisa llevaba una camiseta de tirantes. ¿Por qué tenía que llevar tanta ropa? Volvió a ponerse de puntillas para besarlo, esa vez en los labios, y Nate respondió con ardor, mientras la apretaba contra sí.

La ola de calor que había invadido a Trish parecía haberse concentrado justo entre sus muslos, y la única manera que se le ocurrió para aliviar el deseo que la consumía fue levantar una pierna y rodearle con ella la cadera a Nate.

Pero eso no sofocó aquel calor titilante, y cuando Nate le agarró por debajo del muslo y la levantó, su monte de Venus entró en contacto con algo… algo alargado y grueso y…

–Vamos arriba –le pidió, arqueándose hacia él.

No sabía muy bien qué había esperado que hiciera Nate. Tomarla en volandas y subir las escaleras corriendo, tal vez. Pero en vez de eso la levantó, la apoyó contra el marco de la puerta y se puso a besarla como si no hubiera un mañana. Cuando Trish le rodeó la cintura con las piernas, su erección se apretó contra ella, arrancándole un gemido.

Mientras seguía devorando su boca, Nate movió las caderas, frotándose contra ella. Trish no quería que parara, pero el marco de la puerta estaba clavándosele en la espalda.

—Nate, llévame a la cama… —le suplicó, despegando sus labios de los de él.

—A sus órdenes —respondió él.

Entonces sí que la alzó en volandas y la llevó al piso de arriba como si no pesara nada. Entró en su dormitorio, cerró la puerta suavemente para no despertar a Jane, y la depositó sobre la cama. Iba a quitarse la camisa, pero Trish se incorporó y le dijo:

—No, déjame, quiero hacerlo yo.

Nate se detuvo.

—Soy yo la que está seduciéndote —dijo Trish.

Se puso de rodillas al borde del colchón y le hizo una señal para que se acercara. Cuando Nate obedeció, empezó por quitarle los gemelos, luego la camisa, y después la camiseta de tirantes.

—Vaya un cuerpazo que tienes… —murmuró, recorriendo con los dedos su musculoso tórax.

Al rozarle los pezones con las yemas de los dedos, Nate gruñó de placer y apretó los puños.

El oscuro vello le cubría el pecho, y descendía por su estómago hasta perderse bajo la cinturilla de los pantalones. Trish lo siguió, y enganchó los pulgares en las trabillas del pantalón para atraerlo hacia sí y besarlo.

–Trish… –jadeó él contra sus labios–. Me estás matando…

Por toda respuesta, Trish frotó con sus manos el bulto que se había formado en sus pantalones, y él se estremeció.

–Es enorme… –murmuró ella maravillada, mientras lo acariciaba a todo lo largo.

–Por favor, Trish… –le suplicó él.

–¿Tienes preservativos?

Nate asintió.

–Pues ve a por ellos. Ahora mismo.

Nate fue a la mesilla de noche y sacó una caja de preservativos. Pero cuando volvió junto a Trish, que estaba esperándolo, se quedó ahí plantado, mirándola, como si no estuviera muy seguro de qué debía hacer.

–¿Todo bien? –inquirió ella.

–Eh… sí, sí –respondió Nate. Cerró los ojos un momento e inspiró profundamente–. Es que… bueno, hace mucho que no… Ya sabes. ¿Y tú? –le preguntó, poniéndole una mano en la mejilla y besándola con dulzura.

–Yo… podría decirse que igual.

Nate enarcó una ceja. Trish se sentía incómoda como para darle explicaciones, pero, por cómo estaba mirándola, intuía que Nate debía estar preguntándose si era virgen, así que decidió volver a tomar la iniciativa. Lo atrajo hacia sí para besarlo de nuevo mientras le recorría el torso con las manos.

–Los zapatos… –murmuró–. Quítatelos…

Nate se descalzó, arrojó los zapatos a un lado y se quitó los calcetines, pero cuando iba a desabrocharse los pantalones, ella lo agarró de ambas manos para detenerlo.

—Espera —le dijo—. Mírame.

Se bajó de la cama para ponerse frente a él, y se sacó lentamente la camiseta por la cabeza. Nate emitió un gruñido de excitación.

Luego se desabrochó los vaqueros y se bajó la cremallera. Mientras se los quitaba, lamentó no llevar puesto un conjunto a juego de braguitas y sujetador, en vez del sencillo sujetador beis y las braguitas de algodón baratas que llevaba. Le habría gustado estar más sexy para él.

A Nate, sin embargo, no parecía importarle porque, para cuando arrojó los pantalones a un lado, estaba mirándola boquiabierto.

—Dios mío… Eres preciosa… —murmuró con voz ronca.

Y así, solo con esas palabras, de pronto Trish se sintió deseable a pesar de la ropa interior tan poco sexy que llevaba. Le rodeó el cuello con los brazos y le susurró:

—Y tú… eres increíblemente atractivo.

Nate le sonrió.

—¿Puedo tocarte ya, o piensas seguir seduciéndome? —le preguntó.

—Bueno, yo no he dicho que no pudieras tocarme, ¿no? —respondió ella con picardía.

A Nate no hizo falta que se lo dijera dos veces. Sus manos subieron poco a poco por sus pantorrillas y continuaron ascendiendo por sus muslos hasta las nalgas. Trish cerró los ojos, extasiada por el placentero cosquilleo que aquellas delicadas caricias le provocaban.

–Eres preciosa… –murmuró Nate de nuevo, inclinándose hacia su pecho.

Apretó sus labios contra la curva de uno de sus senos, que asomaba por encima de la copa del sujetador. Luego giró la cabeza y besó el otro antes de desabrocharle el enganche del sujetador. Cuando se hubo deshecho de la prenda, que arrojó a un lado, se inclinó de nuevo y le lamió el pezón izquierdo como si estuviese lamiendo un helado de cucurucho. Cuanto más lo lamía, más duro se ponía.

–Nate… –gimió ella cuando sus labios se cerraron en torno al pezón y empezó a succionarlo.

Quería gritar de placer, pero temía despertar al bebé y se mordió el labio y enredó las manos en el pelo de Nate.

–¿Te gusta? –inquirió él deteniéndose para ponerse a lamer el otro pezón.

–Sí… –respondió ella en un hilo de voz.

Y de sus labios escapó otro gemido cuando Nate empezó a succionar de nuevo.

Las piernas le temblaban. Una de las manos de Nate le masajeó las nalgas antes de deslizarse entre sus piernas desde atrás, y frotó la yema de su índice por la fina tela de sus braguitas. La sensación era tan íntima, tan abrumadora, que se le cortó el aliento y se quedó muda.

–Abre las piernas –le susurró Nate.

Trish hizo lo que le pedía, y mientras Nate cambiaba de nuevo de pezón, las caricias de su dedo se hicieron más insistentes, provocando un calor húmedo entre sus piernas. La estaba volviendo loca.

–Nate… –gimió, apretándose contra su dedo–. ¡Ooh! –jadeó cuando le mordisqueó el pezón.

–Lo sé… sé que te gusta –murmuró Nate.

Al oír su profunda voz, un escalofrío le recorrió la espalda. Los labios de Nate descendieron beso a beso por su estómago. Enganchó los pulgares en el elástico de sus braguitas y se las bajó, dejándola completamente desnuda.

Trish bajó la vista al bulto en los pantalones de Nate, y tuvo un momento de pánico. ¿Estaba preparada para aquello?, se preguntó, sin poder reprimir el impulso de taparse el pubis con las manos.

–Deja que te mire –murmuró Nate, tomándola de ambas manos y levantándoselas–. No tienes que sentir pudor; eres preciosa.

Trish tragó saliva, nerviosa, pero él se puso en cuclillas, depositó un beso en su vientre y le separó las piernas. Luego, asiéndola por las caderas, agachó la cabeza y se puso a estimularle el clítoris con la lengua. Su cuerpo se contrajo de placer. Ella se había tocado muchas veces, por supuesto, pero aquello… Aquello era completamente distinto, y muchísimo más placentero.

–No… no creo que pueda aguantar de pie mucho más –jadeó mientras la lengua de Nate la acariciaba, una y otra vez.

Él se detuvo y, cuando levantó la cabeza para mirarla, Trish vio un brillo travieso en sus ojos.

–Pues esto no ha hecho más que empezar…

Nate la tomó de ambas manos para llevarla hasta la cama, y le pidió que se pusiera de rodillas sobre el colchón. Cuando pasó los brazos por debajo de sus rodillas y la atrajo hacia sí, haciendo que cayese de espaldas y abriera las piernas, Trish, que no se lo esperaba, soltó un gritito.

–Deja que te dé placer –le susurró él, inclinándose para empezar de nuevo a devorarla con la lengua.

Trish movía las caderas de lado a lado mientras lamía sus pliegues, y sus manos volvieron a aferrarse a su pelo.

–No podemos despertar al bebé… –jadeó.

–No haremos ruido –le prometió él, antes de deslizar un dedo dentro de ella.

Los músculos de su vagina se tensaron en torno a él con fuerza. Nate empezó a lamerla de nuevo, y fue recompensado con un intenso gemido de placer.

–Nate… ¡Oh, Nate…! –jadeó Trish mientras su lengua la enloquecía, lametón tras lametón.

Alargó la mano para pellizcar uno de sus pezones y tirar suavemente de él. Trish gimió de nuevo y levantó las caderas.

Nate sintió cómo los músculos de su vagina se contraían fuertemente en torno a su dedo. Trish sacudió la cabeza de lado a lado sobre el colchón y abrió la boca, como sobrecogida por la intensidad del orgasmo.

Nate no recordaba haber estado nunca tan excitado como lo estaba en ese momento. Probablemente no aguantaría mucho cuando se hundiese en su calor húmedo, pero su placer no importaba. Lo que importaba era que a ella le había dado placer, que la había llevado al clímax.

Trish se incorporó un poco, apoyándose en los codos. Sus ojos brillaban de satisfacción.

–Vaya… –murmuró jadeante–. No sabes cómo me alegro de haber empezado esto.

–Y yo de que lo empezaras –respondió él con una sonrisa.

Nate se levantó. Tenía que quitarse ya los pantalones. Tenía una erección tan tremenda que si no se los quitaba rompería la condenada cremallera. Sin embargo, antes de que pudiera desabrochárselos, Trish se levantó de la cama y apartó sus manos.

–Ya lo hago yo –dijo. Le desabrochó el botón y le bajó la cremallera–. Quiero devolverte el favor –los pantalones cayeron al suelo, y Trish frotó con sus manos el endurecido miembro–. Si quieres, claro –añadió, como vergonzosa.

Ahí estaba de nuevo, pensó Nate, ese atisbo de inocencia. ¿Podría ser que fuera virgen?

Cuando Trish frotó la punta con el pulgar, se estremeció y no pudo reprimir un gemido.

–Me encantaría –murmuró–, pero me parece que no aguantaría sin correrme. Necesitamos… un preservativo –le dijo apretando los dientes.

Trish agarró la caja y la abrió descuidadamente. Nate sacó un preservativo y se mantuvo lo más quieto que pudo mientras ella arrojaba la caja sobre la mesilla y le bajaba los boxers.

Desgarró el paquete del preservativo, pero antes de que pudiera ponérselo, Trish cerró la mano en torno a su miembro.

–Es impresionante… –murmuró mientras lo acariciaba, subiendo y bajando la mano.

–Trish… –masculló él–, te necesito… No puedo esperar más…

Ella lo soltó, y lo observó mientras se ponía el preservativo.

–Eso… funcionará, ¿verdad? –le preguntó Trish, mirándolo con cierta preocupación.

–Funcionará.

Se subieron a la cama y, cuando se colocó sobre ella, Trish le rodeó la cintura con las piernas. Nate la besó mientras maniobraba para penetrarla.

–Eres preciosa –murmuró al empujar las caderas.

El cuerpo de Trish no ofreció resistencia, pero aspiró bruscamente por la boca y contrajo el rostro.

–¿Te he hecho daño? –le preguntó Nate.

–No, pero… necesito un segundo…

–No te preocupes, puedo esperar –le aseguró él.

Pero no era cierto, porque cuando Trish se movió debajo de él, intentando acomodarse a su miembro erecto, estuvo a punto de perder el control. Al poco ella volvió a moverse, arqueando un poco las caderas, y Nate tuvo que morderse la lengua para contenerse cuando notó cómo su miembro se hundía un poco más adentro de ella.

–¡Oh! –gimió ella, pero no parecía que hubiese sentido dolor. Solo parecía sorprendida.

–¿Estás bien?

–Sí, creo que sí…

Como la notaba menos tensa, Nate empujó las caderas de nuevo y la penetró poco a poco, hasta el fondo.

–¡Ooh, Trish…! –jadeó, haciendo un esfuerzo sobrehumano por contenerse–. ¡Qué gusto…!

–Eh… me alegro de que te guste.

Nate reprimió una sonrisa. Sí, pensó depositando sendos besos en sus párpados. Parecía que aquella era su primera vez. Y precisamente por eso tenía que hacer que fuese inolvidable para ella.

–¿Lista?

Ella lo miró confundida, como si estuviese esperando a que apareciese por arte de magia una banda de música o algo así.

–¿Para qué?

–Para esto –Nate se echó hacia atrás y volvió a hundirse en ella, concentrándose en su respiración para no perder el control.

–¡Ah! ¡Ah! –gimió Trish, como dejándose llevar por su instinto, levantó las caderas y cerró los ojos extasiada cuando volvió a embestirla–. ¡Oh, Nate…!

–Lo sé, cariño, lo sé…

Establecieron un ritmo, moviéndose al unísono, y Trish alcanzó el orgasmo arqueándose, sacudiendo la cabeza y boqueando extasiada en silencio.

–Eres maravillosa… –murmuró él.

Pronto el clímax de Trish lo llevara al límite, y finalmente se dio por vencido y se dejó llevar con un intenso estallido de placer.

Se quedaron allí tendidos, exhaustos pero saciados.

–Madre mía… –murmuró ella mientras él le acariciaba el cabello.

–¿Ese ha sido un ¡madre mía!, ha sido increíble, o un ¡madre mía!, ¿cómo he podido hacer esto? –inquirió él, enarcando una ceja.

–Lo primero –respondió ella con un suspiro y una sonrisa soñadora.

Nate se incorporó, apoyándose en los antebrazos, para mirarla.

–Gracias.

Ella lo miró con recelo.

–¿Por qué?

Nate le sonrió y respondió:

—Por seducirme y evitar que rompiera mi promesa.

Las facciones de Trish se relajaron.

—Ah, creía que ibas a decirme alguna tontería anticuada, como darme las gracias por haberte entregado mi virginidad o algo así.

Nate no pudo evitar echarse a reír.

—¿Por haberme entregado tu virginidad —repitió divertido. Se quitó de encima de ella, tumbándose a su lado, y le rodeó la cintura con un brazo, apretándola contra sí—. Entonces… ¿era tu primera vez?

Ella se tensó un momento antes de relajarse y responder:

—Es que hasta ahora no había querido… Bueno, sí que quería, pero…

—Tenías miedo de quedarte embarazada.

Eso era lo que ella le había dicho.

Trish asintió.

—Sí, bueno… lo que iba a decir era que nunca pensé que el sexo fuera a ser así de increíble —le confesó, entrelazando sus dedos con los de él.

Entonces, de repente, el llanto de Jane al otro lado del pasillo rompió el silencio.

Trish se incorporó como un resorte.

—Jane se ha despertado; tengo que ir —murmuró.

Nate se incorporó y trató de detenerla para decirle que iría él, pero Trish ya se había bajado de la cama y estaba recogiendo su ropa.

—Ya me ocupo yo —le dijo girando la cabeza antes de salir, y cerró tras de sí.

Nate se quedó mirando la puerta, aturdido. ¿Qué acababa de pasar? Hacía un instante Trish había yacido en sus brazos, satisfecha y feliz, y al siguiente se había marchado, como si estuviera huyendo de él.

Un mal presentimiento comenzó a apoderarse de él. Intentó apartarlo de su mente, diciéndose que era ella quien había iniciado aquello, y no él, pero no funcionó. No había roto su acuerdo en un sentido literal, pero la realidad era que se había acostado con ella, y el trato que ella le había impuesto era que no habría sexo entre ellos. ¿Lo habría echado todo a perder? ¿Qué había hecho?

Capítulo Once

Trish utilizó el baño y se vistió rápidamente antes de ir a atender a Jane. Tenía que conseguir que la pequeña se calmase para que Nate se durmiera. Habían hecho el amor, y ella se había quedado maravillosamente relajada, como envuelta en una bruma de ensueño, pero el llanto de Jane había disipado esa bruma y la había devuelto a la realidad. De pronto se sentía incómoda, extraña, y no se sentía capaz de volver a la cama con él. No creía que fuera siquiera capaz de hablar con él ni mirarlo a los ojos.

–Shh… Shh… Tranquila, cariño, ya estoy aquí –le susurró a Jane mientras la tomaba en brazos.

Miró el reloj de pared. Se había despertado dos horas antes de lo normal. Tal vez le molestaran las encías. La llevó abajo, a la cocina, y sacó uno de los paños húmedos que había metido en el congelador.

–Vamos a ver si con esto conseguimos que vuelvas a dormirte –le dijo.

Volvió al cuarto del bebé y se sentó en la mecedora con Jane en sus brazos. Mientras la mecía, tarareándole una canción de cuna, y le daba a morder el paño para aliviarle el dolor de encías, miraba nerviosa la puerta cerrada, temerosa de que se abriera y apareciera Nate.

Se había acostado con él, y no es que hubiera nada de malo en eso, pero es que… le había gustado. Le ha-

118

bía gustado sentir sus labios y sus manos en su piel, sentirlo dentro de ella… Sabía que, si en ese momento apareciese y le dijera: «Vuelve a la cama conmigo, Trish», sería incapaz de decirle que no. Sería suya, en cuerpo y alma, y no habría vuelta atrás. Se convertiría en alguien como su madre, y la sola idea la había asustado.

Siempre había imaginado que el sexo debía ser agradable. ¿Por qué si no iba a hacerlo tanto la gente? El sexo era la razón por la que su madre era incapaz de permanecer soltera mucho tiempo. Era la razón por la que tantas veces, tras ligarse a un hombre en un bar, hacerlo con él en el aparcamiento, y que luego resultase ser un capullo, hubiera sido incapaz de echarlo de su vida.

Una vez le había preguntado por qué insistía en ir con hombres que ni siquiera pareciesen tener interés en ella, y su madre le había contestado con lágrimas en los ojos:

–¡Ay, Trish, cariño!, sé que cuando una lo pasa mal puede parecer horrible, pero… cuando lo pasas bien… –había añadido con una mirada soñadora y una sonrisa en los labios–. Cuando lo pasas bien es increíble.

Ella, a sus diez años de entonces, no le había visto ningún sentido a su respuesta, sobre todo teniendo en cuenta que nunca le había visto nada de bueno a los hombres con los que había estado su madre.

Al crecer, aunque había descubierto qué era el sexo y había experimentado explorando su propio cuerpo, había seguido sin entender la obsesión que había con el sexo. Las veces que se había masturbado había conseguido alcanzar un pequeño orgasmo, pero no le había

119

parecido que fuera algo tan increíble como para querer tirarlo todo por la borda en busca del placer, como había hecho su madre.

Pero ahora lo comprendía. Ahora sabía que un hombre podía darle mucho más placer del que ella había experimentado al masturbarse. Todo era culpa de Nate, con sus grandes manos, su cuerpo musculoso... y sus condenados principios.

Jane se había quedado dormida, pero Trish siguió allí sentada, meciéndola y tarareando suavemente. ¡Qué desastre!, pensó. ¿Qué iba a hacer? ¿Dejar el trabajo? Bajó la vista al bebé dormido en sus brazos. Había conseguido que Jane se hiciese a un horario, y le había enseñado a Nate todo lo que le hacía falta saber. Le sería fácil encontrar a otra niñera ahora que sabía qué cualidades debía reunir y lo que necesitaba Jane. Pero si dejaba el trabajo, sería un incumplimiento de contrato... ¿Se echaría Nate atrás y le negaría la donación que le había prometido?

No, probablemente no lo haría. Era un hombre honrado; probablemente el más honrado de cuantos había conocido. Pero mucha gente reaccionaba mal al sufrir un rechazo. Ella había visto a su madre maldecir, llorar y estrellar platos contra la pared cuando había descubierto que el hombre con el que estaba había estado engañándola con otra.

Pero si se quedase... querría volver a hacerlo con Nate. Y no una vez, sino muchas. Querría despertar a su lado y desayunar con él en el patio, y contar las horas hasta la hora de la siesta de Jane para poder hacer el amor otra vez. Haría lo que él le pidiera con tal de poder seguir a su lado.

Aquellos pensamientos la asustaron. Por primera vez en su vida comprendía a su madre, entendía cómo la necesidad de sentirse viva, de sentirse deseada, de tener a un hombre a su lado, había hecho que descuidara a sus propios hijos.

Si se quedase allí, si se convirtiese de forma permanente en la niñera de Jane y en la amante de Nate… ¿qué sería de su asociación? No podía imaginarse mirando a su hermanita Patsy a los ojos y diciéndole: «Ya sé que te dije que debías anteponer tu educación y tu carrera a cualquier hombre, pero es que Nate es un tipo fantástico». Porque eso sería lo que diría su madre, lo que haría su madre. Y ella no era su madre; no lo era.

Mientras esperaba a que Trish volviera, Nate se durmió y se despertó varias veces. La oyó bajar la escalera, y luego, un rato después, volver a bajar, lo cual no tenía sentido. ¿Cuándo había vuelto arriba?

Debía ser que estaba dormido cuando había subido. Y la verdad era que no lograba permanecer con los ojos abiertos mucho tiempo. Había olvidado lo agotador que podía ser el sexo, pero había sido increíble.

Cuando vio que había pasado un buen rato y Trish no volvía, se giró para mirar en su móvil, que estaba sobre la mesilla, qué hora era. Las tres y media de la madrugada.

Parpadeó, pero los números no cambiaron. ¿Cómo podía ser esa hora? Trish lo había dejado sobre las once. Se incorporó, quedándose sentado en la cama, y se frotó los ojos con las manos. ¿Dónde estaría? No oía llorar a Jane.

Se bajó de la cama, se puso los boxers y abrió la puerta sin hacer ruido. Tanto la puerta del cuarto del bebé como la de la habitación de Trish estaban cerradas.

Tal vez se hubiera quedado dormida en la mecedora, pensó. Sí, podía ser que el bebé y ella se hubieran quedado dormidas y por eso no había vuelto.

Cruzó el pasillo de puntillas y abrió lentamente la puerta del cuarto de Jane. La mecedora estaba vacía, y la pequeña dormía tranquila en su cuna. Eso solo podía significar una cosa: que Trish se había ido a dormir a su habitación.

Salió del cuarto del bebé, cerrando tras de sí, y miró la puerta de Trish. Podría llamar, pero era evidente que si no había vuelto a la cama con él y se había ido a su habitación sería por algo.

Repasó mentalmente lo ocurrido. No la había acorralado, ni la había presionado. Si lo habían hecho era porque ella había consentido. De hecho, era ella quien lo había iniciado, aunque fuera él quien lo había terminado. Aquello no tenía ni pies ni cabeza… a menos que hubiera cambiado de idea respecto a él, a lo del sexo, a hacerlo con él.

En fin, se dijo, no iba a descifrar aquel enigma quedándose plantado en el pasillo de madrugada, pero no pensaba dejarlo estar; al día siguiente lo hablaría con ella.

Después de preparar el biberón, Trish encendió la cafetera, pero no se hizo nada de desayunar. Tenía el estómago revuelto por los nervios ante la idea de que antes o después bajaría Nate y tendría que hablar con él.

La mañana había amanecido cubierta de niebla, pero decidió sentarse en el patio con Jane de todos modos. Porque un poco de aire fresco les vendría bien a las dos y todo eso. Jane estaba quejosa, pero Trish lo agradeció porque eso la ayudaría a centrarse y a no pensar en Nate. Era de la pequeña de quien se tenía que preocupar; ella era la razón por la que estaba allí, la razón por la que tenía que quedarse.

Y la otra razón era el dinero. Nate le había prometido una donación, y no podía huir como una cobarde y privar a los niños de la reserva de todo lo que podría hacer con ese dinero solo porque estaba enamorándose de él.

No podía enamorarse de él. Ahí era donde su madre siempre la había fastidiado. Los problemas habían surgido cuando se había enamorado del tipo con el que estaba y se negaba a dejarlo ir, sin hacer caso de lo que le dictara el sentido común. Pero tal vez ella podría quedarse con el sexo y dejar a un lado el amor. ¿Era eso posible?

De pronto oyó ruido dentro, en la cocina, y se puso tensa. Nate estaba preparando el desayuno. ¿Por qué tenía que ser tan encantador? Ese era el problema, que era demasiado perfecto. Todo aquello sería mucho más fácil si hubiese sido un estirado, o un desastre en la cama, o una persona horrible.

Al cabo de un rato, que a ella le pareció una eternidad, oyó abrirse la puerta corredera detrás de ella, y los pasos de Nate.

–Buenos días –dijo dejando una taza de café en la mesa.

–Hola –respondió ella, sin atreverse a alzar la vista.

Nate rodeó su silla y se inclinó para besar la cabecita de Jane. Luego se sentó frente a ella, tomó su taza de café y se quedó mirándola fijamente. Una sensación de pánico invadió a Trish. ¿Por qué no decía nada?

–Rosita me dijo que nos había dejado unos panecillos con pasas en la nevera y que solo teníamos que hornearlos –comentó Nate de pronto–. Aún tardarán unos minutos en estar listos, pero he visto que has hecho café.

–Era lo menos que podía hacer –murmuró ella.

Nate giró la cabeza hacia el Golden Gate, envuelto en la niebla, con la taza entre sus manos, como si fuese un escudo.

–Anoche no volviste a la cama –le dijo en un tono quedo.

Trish tragó saliva.

–A Jane le molestaban las encías y me ha hecho levantarme varias veces. No quería despertarte.

–Ah –dijo Nate–. Creía que… creía que tal vez te hubieras molestado conmigo por algo que había hecho… o que no había hecho.

Trish parpadeó.

–No, no es eso –balbuceó–. Es que…

¿Por qué no conseguía encontrar las palabras adecuadas?

–Si hice algo que no te gustó, puedes decírmelo –añadió Nate, dejando la taza en la mesa–. Te prometo que mi ego lo resistirá.

Jane apartó el biberón y, estirando sus bracitos regordetes por encima de la cabeza, empezó a gimotear.

–Trae, déjamela –le dijo Nate levantándose.

La tomó en brazos y se puso a darle palmaditas en la espalda para que echara los gases. No volvió a sentarse, sino que se paseó un poco por el patio, alejándose unos pasos de ella.

–La verdad es que fue increíble –admitió Trish algo vergonzosa–. Nunca imaginé que el sexo pudiera ser así.

Por el rabillo del ojo lo vio detenerse un momento antes de empezar a andar de nuevo.

–¿Ah, sí? Vaya, pues me alegra oír eso.

Era evidente que estaba tratando de parecer despreocupado, pero por el tono de su voz Trish supo que estaba sonriendo. Suspiró con pesadez y le dijo:

–Respecto a por qué anoche no volví a la cama… Creo que debería ser sincera contigo.

Nate se volvió.

–¿Quieres oír toda la historia? –le preguntó ella.

–Quiero poder comprenderte –respondió él, mirándola muy serio.

Trish se quedó callada un buen rato antes de volver a hablar.

–Mi padre, o el hombre que creo que era mi padre, nos dejó cuando yo tenía cuatro años. Mis hermano Johnny y Danny tenían dos años y un año, así que tal vez no fuera mi padre biológico, pero es el primero al que recuerdo. Mi madre tenía que trabajar para poder pagar la comida y las facturas, así que era yo quien me quedaba al cuidado de mis hermanos. Tres años después, cuando yo tenía siete años, entró en nuestras vidas Clint, el nuevo novio de mi madre.

–Y deduzco que eso no fue algo positivo.

–No. Mi madre volvió a quedarse embarazada y nació Millie. Mi madre apenas estaba en casa, así que tuve que hacerme cargo de Millie. Mis hermanos dormían en el suelo, y yo en la cama con el bebé. Luego nació Jeremiah, y no había suficiente comida para todos.

—¿Qué años tenías entonces?

—Nueve. Mi madre se quedó embarazada de nuevo y nació Hailey. No era un bebé sano, y falté la mayor parte de los días al colegio en sexto curso para cuidar de ella. Por eso no terminé el instituto hasta los veinte; por eso y porque también tuve que cuidar de otro de mis hermanos, Keith, que nació cuando yo tenía catorce años. Tenía problemas de corazón y acabó muriendo. Solo tenía un añito. No pude salvarlo, y siempre he pensado que… bueno, si hubiéramos podido hacer que lo viera un médico, quizás…

Ese quizás la había atormentado durante años, y cada vez que su madre había vuelto a quedarse embarazada, había sentido ganas de llorar, y de gritarle qué diablos estaba haciendo.

—Debió ser terrible para ti —murmuró Nate.

Trish sollozó.

—Luego vinieron Lenny, Ricky y Patsy. Cuando me fui de casa para ir a la universidad, Patsy tenía cinco años. Fue muy duro para mí porque sabía… —se le hizo un nudo en la garganta—, sabía que estaba dejándola a su suerte, que no podría asegurarme de que fuera todos los días al colegio, de que hiciera sus deberes, o de que cenara caliente cada noche.

—¿Y tu madre?

—Parece que está un poco más centrada. Se hizo una ligadura de trompas después de que naciera Patsy porque los médicos le dijeron que no debía tener más hijos. Es más como una hermana mayor que como una madre, como una hermana alocada que siempre está metiendo la pata, pero el tipo con el que está ahora, Tim, es un buen hombre. La ayuda mucho con los chicos; espero que no lo ahuyente.

–No entiendo por qué tu madre tuvo tantos hijos, cuando no podía cuidaros. No es justo que asumiera que tú ibas a hacerte cargo de ellos.

–La vida no es justa.

Nate volvió a sentarse frente a ella y se quedó callado un momento antes de preguntarle:

–Entonces tu madre… ¿es la razón por la que no lo habías hecho con nadie hasta ahora?

Trish asintió.

–Se enamoraba de un tipo, tenía un par de críos con él, y luego todo se iba al traste. Supongo que pensaba que tener hijos la ayudarían a retener a esos hombres, pero nunca le funcionó. Y lo gracioso es que, aunque no puede tener hijos con Tim, es quien lleva más tiempo con ella. Ya llevan juntos siete años y van camino de ocho.

Se hizo un silencio.

–No quiero ser como ella –le confesó Trish al cabo–. No quiero enamorarme de un hombre hasta el punto de que se convierta en todo mi mundo. No quiero olvidar quién soy, ni hacer cualquier cosa para retener a un hombre –le explicó–. Por eso en todos estos años he evitado empezar ninguna relación. Así, sin distracciones, todo era más fácil: me fui de la reserva, me matriculé en la universidad, fundé la asociación… Y no puedo renunciar a todo eso.

–¿Y por qué no volviste anoche a la cama conmigo? –inquirió él con suavidad.

Trish inspiró profundamente.

–Porque solo estoy aquí de paso, porque no me puedo quedar contigo para siempre. No puedo renunciar a mis metas, a toda mi vida para jugar a las familias felices contigo. No puedo convertirme en mi madre y… y enamorarme de ti, Nate. No puedo.

–Ya veo –murmuró él, escrutándola con el ceño fruncido–. ¿Y creíste que si volvías a la cama conmigo es eso lo que pasaría, que podrías enamorarte de mí?

Trish recordó los besos y las caricias que habían compartido, lo viva y perfecta que la había hecho sentirse.

–Sí, podría –admitió.

Si es que no se había enamorado ya de él.

Capítulo Doce

–Entonces, ¿qué quieres que hagamos? –le preguntó Nate.

–¿Qué quieres decir?

–Durante el tiempo que te queda de estar aquí... suponiendo que quieras terminar las tres semanas que te quedan.

Trish bajó la vista.

–No quiero romper nuestro acuerdo –le dijo quedamente–. Te di mi palabra, igual que tú me diste la tuya. No puedo irme, no sería bueno para Jane pasar en tan poco tiempo de una niñera a otra.

«No puedo irme», había dicho, casi como si él la estuviera obligando a quedarse contra su voluntad.

–Es verdad, pero no quiero que te quedes solo por eso.

–Es por lo que me pagas –le recordó Trish–. Y una barbaridad de dinero, además –añadió con una media sonrisa–. Además, hicimos un trato, y un trato es un trato.

–Y parte del trato era que no nos acostaríamos juntos, y lo hemos hecho –apuntó él–. Podemos renegociarlo si quieres.

Ella lo miró con recelo.

–¿Qué quieres decir?

–Mira, voy a serte sincero. Me gustas; muchísimo.

Y lo de anoche fue increíble, y me va a costar verte cada día y no querer llevarte a la cama cada noche.

Por primera vez en su vida se había sentido perdido al despertarse. Había esperado ver su rostro al abrir los ojos, y despertarla con un beso en los labios. No quería una relación pasajera, aunque tampoco quería casarse con ella ni nada de eso, pero quería… algo intermedio.

En ese momento se oyó el timbre del horno.

–Voy a sacar los panecillos y vuelvo –dijo levantándose y tendiéndole la pequeña a Trish.

Si se lo propusiera, ¿no sería capaz de controlarse y no tocarla en las tres semanas restantes?, se preguntó cuando hubo entrado en la casa, mientras ponía los panecillos en un plato. Había pasado cinco años sin sexo; ¿cómo no iba a pasar sin él veintiún míseros días?

Cuando salió de nuevo al patio con la bandeja del desayuno, Trish estaba cantándole una canción a Jane y moviendo sus piernecitas al compás de la música, haciendo reír a la pequeña. Era una imagen tan perfecta… ¿Qué había de malo en desear más mañanas como esa?

Dejó la bandeja en la mesa y empezó a desayunar mientras Trish seguía cantando. En un momento dado ella levantó la vista y lo encontró mirándola. Al terminar la canción, su cálida sonrisa se tornó en una expresión pensativa, y se quedó callada un instante antes de preguntarle:

–¿Cómo están los panecillos?

–Calientes.

Trish esbozó una breve sonrisa.

–Eso sí que es raro –bromeó, y él se vio obligado a sonreír.

–¿Has pensado en lo que te he dicho antes, mientras estaba dentro?

Jane dio un gritito y alargó el brazo para agarrar un panecillo, pero Trish atrapó sus deditos antes de que pudiera quemarse.

–¿Podemos desayunar y terminar esta conversación cuando Jane esté echándose su siesta? –le preguntó.

A Nate le pareció razonable –resultaba un poco extraño hablar de sexo con un bebé delante–, pero no pudo evitar sentirse algo decepcionado.

–Claro, a la hora de su siesta.

Cuando Trish se quedó en el umbral de la puerta del salón, vacilante, Nate levantó la vista del libro que estaba leyendo, sentado en el sofá.

–¿Se ha dormido? –le preguntó.

Ella asintió, y Nate cerró el libro y lo dejó en la mesita.

–Creo que te debo una disculpa –le dijo Trish, apoyándose en el marco de la puerta y jugueteando nerviosa con las manos–. Nunca había tenido un idilio, y me parece que no estoy manejando muy bien la situación.

–¿Un idilio? ¿Es eso lo que hay entre nosotros?

–¿No lo es?

–La verdad es que ahora mismo es más bien como un lío de una noche. Un idilio implica más de una.

–Ah. Bueno, sí –balbuceó ella. Ni siquiera era capaz de usar los términos adecuados. Eso demostraba lo verde que estaba–. En fin, sobre eso... –se apartó de la puerta y se obligó a dar un par de pasos.

–¿Sí? –inquirió él, irguiéndose en su asiento.

–Me gustaría… quiero decir que creo que me gustaría… bueno, ya sabes, que tuviéramos un idilio.

Llamarlo así hacía que sonara sofisticado, nada que ver con el comportamiento de hembra en celo que había tenido su madre, acostándose con cualquiera. No, ella era una mujer responsable que podía tener un idilio con un hombre apuesto y encantador sin perder la cabeza… o entregarle su corazón. O eso esperaba.

Nate enarcó una ceja.

–No te veo muy convencida.

–No, es que… quiero asegurarme de que esto no complicará las cosas –le explicó ella.

–No quieres enamorarte de mí –puntualizó él.

El modo en que lo había dicho la hizo sentirse como si estuviera rechazándolo, lo cual no tenía mucho sentido. ¿No estaba accediendo a tener algo con él? Eso no era rechazarlo. Tampoco esperaría que fuera a suspirar por él como una adolescente, ¿no?

–No, no quiero esa clase de complicaciones –dijo con firmeza.

–Bueno, yo también he estado pensando en eso –contestó él, poniéndose de pie.

Trish tragó saliva.

–¿Y qué has pensado?

–Pues que podríamos poner algunas… reglas. Por ejemplo, no quedarnos a dormir en la cama del otro, no hacer nada cuando Jane esté despierta…

–Ya. Reglas.

No le parecía mal. Era bueno establecer unos límites. Como las tres semanas que les quedaban de estar juntos. Ese era un límite que podría ayudarla a evitar enamorarse de él, porque pasadas esas tres semanas

Nate ya habría contratado a otra niñera, y ella tendría que irse.

—Y no besarnos ni mostrarnos cariñosos delante de Rosita, ni de Stanley ni de nadie —añadió ella—. Y por supuesto no salir con otras personas mientras estemos juntos.

—Por supuesto —asintió él con una sonrisa—. Aunque dudo que ninguno de los dos fuéramos capaces de hacerle al otro algo así.

—No, supongo que no. ¿Algo más?

—No, por mi parte eso es todo —respondió Nate, yendo junto a ella. Tomó su rostro entre ambas manos y la besó con tal pasión, que a Trish le flaquearon las rodillas—. Solo que me alegra que estemos de acuerdo —murmuró contra sus labios.

Después de aquello se estableció una especie de rutina. Trish se sentía incapaz de hacerlo con Nate cuando Jane estaba echándose la siesta, pero eso no le impedía besarlo. Le encantaba acurrucarse con él en el sofá y comérselo a besos, o que la encaramara a la encimera de la cocina y le diera un largo beso, o besarse con él cuando se cruzaban en la escalera. Bueno, cualquier sitio era bueno siempre y cuando Rosita no estuviera o no pudiera pillarlos.

Claro que aquel constante intercambio de besos la tenía excitada durante casi todo el día, así que en cuanto acostaba a Jane por la noche, estaba impaciente por ir al dormitorio de Nate.

Él estaba igual de ansioso. En vez de tomarse su tiempo con juegos preliminares, besándose y acaciriándose como hacían durante el día, se arrancaban la ropa y se iban derechos a la cama.

Y Nate nunca la decepcionaba. Cuanto más lo hacían, más increíble se volvía. Al cabo de la primera semana, cuando ya le había enseñado lo más básico, empezó a preguntarle qué quería que le hiciera, qué había querido probar siempre, qué le provocaba curiosidad.

A ella, que durante tanto tiempo ni siquiera había querido reconocer que tenía necesidades sexuales, el encontrarse de pronto con un hombre que no solo la deseaba, sino que también quería darle placer y hacer realidad sus fantasías, era algo que le costaba acabar de creerse. Le llevó tres días reconocer que le gustaría hacerle sexo oral... en la ducha, pero él se había mostrado encantado de dejar que lo hiciese.

Además, nunca la presionaba, ni se quejaba cuando, tal y como habían acordado, cuando estaban los dos jadeantes y saciados, ella recogía su ropa y volvía a su habitación.

Pero cada noche se le hacía más difícil, y cuanto más tiempo pasaban el uno en brazos del otro, más ansiaba despertar a la mañana siguiente con él.

Y cuanto más lo deseaba, más sentía que tenía que volver a su habitación cada noche, porque se daba cuenta de lo que estaba ocurriendo.

A pesar de las reglas que habían puesto, a pesar de todo, se estaba enamorando de él. Y eso la asustaba, la asustaba muchísimo. Porque solo faltaba una semana para que terminase su contrato, y no tenía ni idea de cómo iba a soportarlo cuando llegase el momento de tener que despedirse de él.

Cuando se hubo marchado la tercera y última candidata al puesto de niñera, una mujer mayor polaca con excelentes referencias, Trish cerró la puerta y se volvió hacia Nate. La primera candidata era una mujer de mediana edad que antes había sido recepcionista y se había quedado en paro por la crisis, y la segunda una joven de aproximadamente su misma edad que no tenía experiencia pero que, según les había asegurado con entusiasmo, ¡adoraba a los niños!

–¿Y bien? –le preguntó a Nate, apoyándose en la puerta cerrada con las manos tras la espalda–. ¿Qué opinas?

Nate fue junto a ella y plantó las manos en la puerta, a ambos lados de su cintura.

–Que debería contratarte para que entrevistes a todas las personas que necesite contratar –respondió, inclinando la cabeza para besarla.

Trish había acribillado a las tres mujeres a preguntas sobre sus cualificaciones y lo que consideraban más importante en el cuidado del bebé. Él no había tenido que hacer nada más que observar.

–Eres implacable –comentó divertido.

–Solo quiero lo mejor para Jane –contestó ella–. Quita, podría entrar Rosita y vernos –lo reprendió con una sonrisa, dándole una guantada en el brazo.

–Me da igual –replicó él.

Era viernes, y Trish solo estaría allí otros tres días. El lunes por la mañana tomaría el relevo la nueva niñera y ella se iría. Le había dicho que se pasaría el miércoles para asegurarse de que todo iba bien, pero eso sería todo.

La besó de nuevo, pensando cuánto iba a echarla de menos, pero al cabo de un rato Trish despegó sus labios de los de él.

–¡Nate! –lo reprendió de nuevo, fingiéndose irritada–. Céntrate, debes elegir a una de las tres candidatas.

Nate contrajo el rostro.

–¿Tengo que hacerlo? –protestó con un mohín.

Trish enarcó una ceja. Sabía que estaba comportándose como un crío, pero es que escoger a una nueva niñera le recordaba la inminente marcha de Trish. Apenas habían hablado de qué pasaría cuando llegara ese momento. Obviamente él quería que Trish siguiese formando parte de su vida, pero cada vez que había sugerido siquiera la posibilidad de salir juntos, ella se negaba a escucharlo.

Sabía que Trish iba a quedarse con una amiga la semana y media que faltaba hasta la ceremonia de graduación, y que luego pensaba ir a visitar a su familia en la reserva y quedarse con ellos una temporada, pero más allá de eso…

–Escoge tú –le dijo acariciándole la mejilla con el dorso de la mano–. Confío en tu criterio.

–Nate… Tienes que escogerla tú.

–Pero es que yo ya he encontrado a la mujer perfecta –le dijo él, rodeándole la cintura con los brazos y atrayéndola hacia sí–: tú –inspiró profundamente. Había llegado el momento de la verdad, y no estaba dispuesto a dejarla escapar. La necesitaba–. Deberías quedarte.

Trish se puso tensa, apartó la vista e intentó zafarse

y apartarse de él, pero Nate le puso las manos en los hombros y la giró hacia sí.

–Trish, mírame.

Ella tardó un momento en alzar la mirada, como si estuviese haciéndolo contra su voluntad, y a Nate le sorprendió ver que parecía… ¿asustada?

–Quiero que te quedes.

–No puedo –respondió ella, en un murmullo casi inaudible–. Nate, por favor, no me pidas eso… No puedo.

–¿Por qué no? –le espetó–. Jane te quiere.

Trish emitió un gemido ahogado al oírle decir eso, y sus ojos se humedecieron.

–Estoy enamorándome de ti –continuó Nate–, y creo que encajas aquí.

–No. No es verdad. ¿Es que no lo ves? –replicó ella con una risa amarga–. Me crie en un cuchitril de tres habitaciones con moho en las paredes y donde solo teníamos luz de vez en cuando. Durante toda mi vida he tenido que compartir la cama con dos o tres de mis hermanos, y apenas teníamos qué comer. Apenas teníamos nada –le espetó–. Y ahora… Ahora sigo siendo tan pobre que compro la ropa en tiendas de segunda mano, y antes de que me contrataras vivía de alquiler en un sótano porque era lo único que me podía permitir –se quedó callada un momento y añadió en un tono quedo–: No, Nate, este no es mi sitio. Y esto ha sido… un idilio, algo que ha surgido porque nos hemos visto obligados por las circunstancias a vivir durante un mes bajo el mismo techo. Eso… –se le quebró la voz–. Eso es todo.

–No, eso no es cierto. Tú haces que me sienta completo –le dijo él, que estaba empezando a sentirse desesperado–. Y no dejaré que vuelvas a vivir en la pobreza, no cuando yo puedo cuidar de ti. Te necesito –murmuró tomando su rostro entre ambas manos.

–No… –replicó ella sacudiendo la cabeza. Tragó saliva–. Lo que necesitas es una niñera.

–Basta, Trish. Tú sabes que eso no es verdad. No se trata de eso. Para mí tú eres irreemplazable. Cuando estoy contigo soy un hombre distinto: no me pongo nervioso y no me siento como que no soy más que un cerebrito con una abultada cuenta bancaria. Contigo puedo ser yo mismo. Tú me haces feliz, y cuando te tengo a mi lado me siento en paz con el mundo.

Trish cerró los ojos y sacudió la cabeza.

–No hagas esto más difícil de lo que tiene que ser. Llegamos a un acuerdo: trabajaría para ti de niñera de modo temporal, y lo nuestro también sería temporal. Ese era el plan, y en él no entraba el amor.

La desesperación de Nate se transformó en ira. ¿Por qué estaba mostrándose tan cabezota? Sabía que sentía algo por él. La agarró por los brazos.

–Quiero un nuevo acuerdo, y un plan distinto.

–No hagas esto, por favor –le suplicó ella. Intentó retroceder, zafarse de él, pero Nate no la soltó–. No puedo enamorarme de ti.

–¿Cuánto hace falta que te ofrezca para que te quedes, Trish? ¿Otros veinte mil al mes y doscientos cincuenta mil más para tu asociación? Ese fue el trato al que llegamos, ¿no? Quiero prorrogar nuestro contrato.

Trish volvió a sacudir la cabeza.

–Nate, déjalo ya, no quiero dinero…

¿Que lo dejara? ¿De qué le servían a él todos esos

millones si no podía convencerla para que se quedase?

–Te daré lo que quieras; dímelo y te lo daré. Pero por favor… quédate conmigo.

Trish logró soltarse y se apartó de él. Cuando levantó la cabeza para mirarlo, dos lágrimas le rodaron por las mejillas.

–No… no puedo… No puedo renunciar a todo lo que he conseguido para criar a otro bebé que no es mío. Hay tantas cosas que quiero hacer… No puedo sacrificarlo todo por… Soy algo más que una niñera.

–Para mí eres mucho más que eso. Y lo sabes.

Trish sacudió la cabeza una vez más. ¿Por qué no lograba hacerla entrar en razón?

–Quiero algo más que una relación pasajera –le insistió él–. Te necesito.

–Es imposible –replicó Trish–. Nunca estaríamos en términos de igual a igual y yo dependería de ti… Siempre te necesitaría más yo a ti que tú a mí.

–Por amor de Dios, Trish, el necesitar a otra persona no te hace más débil. Déjame cuidar de ti.

Trish permaneció inmóvil ante él, con el rostro contraído de dolor, y luego, de improviso, se puso de puntillas y lo besó. Por un momento Nate creyó que estaba dando su brazo a torcer, que iba a quedarse, pero cuando iba a estrecharla entre sus brazos, Trish dio un paso atrás y se apartó.

–Tú me importas –le dijo–, y estoy segura de que podría quererte durante el resto de mi vida, pero no puedo dejar de ser yo –se dio la vuelta y comenzó a subir las escaleras, pero tras subir los primeros escalones se detuvo, sollozando, y sin girarse, añadió–: No puedo olvidarme de quién soy, de todo por lo que he luchado.

–Yo no estoy pidiendo eso –le espetó él–. Maldita sea, Trish, ¡solo te estoy pidiendo que te quedes!

Ella se giró entonces, y lo miró dolida.

–Me gustaría quedarme, pero esto no nos lleva a ninguna parte, ¿es que no lo ves? –le espetó. Se le escapó otro sollozo–. Los niños de la reserva me necesitan… Tengo… tengo mucho por hacer.

–¡Puedes hacerlo desde aquí!

Trish sacudió la cabeza.

–No, no puedo. No quiero ser una mantenida. Yo… tengo que irme –murmuró.

Y antes de que él pudiera decir nada más corrió escalera arriba con los hombros temblando por los sollozos que no podía contener.

¿Una mantenida? ¿Pero de qué estaba hablando? ¡Si estaba enamorado de ella, por amor de Dios! Y estaba seguro de que ella también sentía algo por él. Entonces, ¿qué problema había?

Arriba, oyó a Trish cerrar la puerta de su dormitorio y echar el pestillo. Podría ir tras ella, entrar por el cuarto de Jane, tratar de hacer que razonara y… ¿Y qué?, ¿insistirle hasta que accediera a quedarse solo para no discutir más con él? ¿Obligarla a quedarse?

Se sentó en uno de los escalones, con el corazón apesadumbrado, y por alguna razón su mente escogió ese momento para recordar la traición de Diana, años atrás. Había entrado en casa, la casa de sus padres, y había esperado encontrarla vacía, pero había oído ruidos de dos personas practicando sexo. Recordó cómo había pensado que debía ser Brad con su último ligue.

Y recordó que había llamado a Diana al móvil, y que lo había oído sonar dentro del armario del vestíbulo, a su izquierda, donde colgaban los abrigos al llegar.

Recordó que había subido al piso de arriba, y cómo con cada escalón que subía iba incrementando el mal presentimiento que había tenido al oír el móvil de Diana dentro del armario. Recordó ir hasta el cuarto de su hermano, abrir la puerta, y encontrarlos en la cama, con Diana desnuda cabalgando sobre su hermano.

Se había quedado destrozado, y no había podido dejar de pensar que la culpa era de él, que no era lo bastante bueno para ella. Después de aquello se había encerrado en sí mismo y no había vuelto a confiar en ninguna mujer, porque siempre temía que en realidad solo les interesaba por su dinero.

Con Trish había sido distinto. Se había abierto a ella, había confiado en ella, se había permitido ser él mismo. Había creído que era lo bastante bueno para ella, él, Nate, no el informático multimillonario, ni el filántropo que iba por ahí firmando cheques. ¿Y qué había hecho ella? Había decidido que no le bastaba con su amor, ni con el de Jane, que sus proyectos humanitarios, salvar el mundo, eran más importantes para ella.

Capítulo Trece

Trish estaba recogiendo sus cosas con prisa. No quería pensar en lo que había pasado, en el momento en que había vacilado y había estado a punto de claudicar.

Su madre era de la clase de mujeres que harían cualquier cosa para mantener contento a un hombre: dejar su trabajo, ignorar a sus hijos. Ella jamás podría hacer algo así. No podía plegarse a los deseos de Nate y tirar por la borda todo por lo que había luchado.

Y no podía quedarse. No podía permanecer allí ni un minuto más. Nate le gustaba demasiado, y sentía que, si no se iba, acabaría desmoronándose.

Ya tenía guardados la ropa, los zapatos y el portátil. Miró el teléfono móvil, que estaba sobre la mesilla. No, el móvil era de Nate, que lo había comprado. Si se lo llevara sería un recordatorio constante de Nate, de su insistencia en que quería cuidar de ella. Además, en la reserva tampoco había muy buena cobertura. ¿Y quién la iba a llamar sino él? Lo dejó donde estaba y puso al lado el cargador.

Trish entró en el cuarto de baño para pasar a la habitación de Jane. La pequeña seguía dormida.

–Eres una niña muy buena –le susurró, acariciándole suavemente el cabello por última vez–. Cuida de tu tío Nate, ¿eh? Hazle sonreír como tú sabes hacer. Va a ser un papá estupendo; te quiere muchísimo –se inclinó y besó con ternura su cabecita–. Adiós, Jane, te quiero y no te olvidaré nunca.

Aquellas palabras hicieron que se le saltaran las lágrimas, al pensar que la pequeña no podría recordarla a ella.

Volvió a su habitación. No, no era su habitación. Solo era la habitación en la que había dormido durante un mes. Recogió sus cosas, echó una última mirada a su alrededor y salió al pasillo.

Mientras bajaba la escalera con todos sus bártulos, una vocecilla le gritaba que estaba comportándose como una cabezota, que no tenía que irse. En su intento por convencerla para que se quedara, Nate no había sido muy delicado, pero normalmente no se comportaba así, y sabía que estaba teniendo una reacción desproporcionada.

Pero es que ella era mucho más que una niñera temporal que compartía la cama con él. Dirigía una asociación benéfica de la que dependían cientos de niños para poder tener material escolar y alimentarse bien. Se debía a esos niños, a niños como su hermanita Patsy. Eran sus actos los que la definían como persona, no el hombre con el que se acostaba.

Cuando llegó abajo, Nate estaba esperándola al pie de la escalera, y el solo verlo casi quebró su firme resolución de marcharse. «Sé fuerte», se dijo.

Pero es que el hombre que tenía frente a sí era Nate, su Nate, el hombre que había dicho que estaba enamorándose de ella...

–No quiero que te vayas –le insistió una vez más.

Trish tragó saliva. «Sé fuerte...».

–¿Crees que podrás arreglártelas bien con Jane sin

143

mí el fin de semana? –le preguntó, dejando sus bolsas en el suelo.

Él la miró dolido.

–¿Es que no significamos nada para ti? –le espetó–. ¿Cómo puedes dejarnos de esta manera?

–Yo… tengo que hacerlo.

Hasta a ella le sonó vacía aquella excusa, porque Nate tenía razón. Quería a Jane; para ella no era solo la niña a la que había estado cuidando durante un mes por contrato.

¿Y Nate? No era un hombre cualquiera, no era como todos esos tipos con los que su madre se había conformado en el pasado. No, Nate apechugaba con sus responsabilidades, se preocupaba por su sobrina, y siempre escuchaba sus opiniones y la hacía sentirse respetada y valorada.

–¿Y ya está? –la increpó él–. ¿Así se acaba todo?

Trish se sentía cada vez peor.

–No lo sé –admitió–. Creo que… que necesito un poco de espacio. Ha sido un mes estupendo –se apresuró a añadir–, pero ha pasado todo tan deprisa… Necesito poner un poco de distancia y pensar. Tal vez cuando pase el verano… No lo sé…

–¿Me llamarás al menos?, ¿para saber que estás bien?

Trish sintió una punzada en el pecho. Decirle lo que le iba a decir era casi tan duro como marcharse porque sonaría tan terminante… Nada de llamadas, ni de mensajes de texto. Una ruptura definitiva.

–He dejado el móvil arriba.

Nate palideció, comprendiendo al instante lo que significaba eso.

–Ah. Ya veo –murmuró.

–Nate, yo…

–He llamado al chófer para que venga a buscarte –la interrumpió él–. Te llevará adonde quieras.

–Gracias –musitó ella.

No sabía qué más decir. Nunca había roto con nadie, y en casa solo había conocido las peleas de su madre con los tipos con los que había estado: los gritos, los insultos, el llanto… Nate se estaba comportando de un modo respetuoso y educado.

De improviso, Nate fue hasta ella, tomó su rostro entre ambas manos y apoyó su frente contra la de ella.

–Sé que probablemente no quieres que digas esto, pero me da igual. Te quiero, Trish, y eso no me resta individualidad ni valor como persona. Todo lo contrario. Me hace querer ser mejor persona. Piensa en ello, por favor.

Trish emitió un gemido ahogado y cerró los ojos con fuerza para contener las lágrimas. No podía hacer aquello, no podía romperle el corazón a Nate y romper también el suyo… Fuera se oyó la bocina de un coche.

Nate se apartó de ella, tomó una de sus bolsas y le abrió la puerta. Con un nudo en la garganta, Trish tomó la otra bolsa y salió al porche, bañado por el débil sol de la tarde.

Hasta entonces nunca le había resultado difícil mantenerse fiel a sus principios, pero en ese momento, mientras el chófer metía sus cosas en el maletero, y luego, cuando Nate le sostuvo la puerta para que se subiera al coche, se sintió como si estuviera cometiendo un terrible error.

–Te esperaré –le dijo Nate antes de cerrar la puerta.

–¿Adónde? –le preguntó el chófer, girando la cabeza hacia ella.

No, aquello no era fácil, pensó Trish desolada, mirando por la ventanilla a Nate, que la observaba con los hombros caídos, como derrotado, desde los escalones del porche. Pero tenía que hacerlo. No podía vivir mes a mes a merced de otra persona. No dejaría que algo tan voluble como el amor gobernase su vida.

Con voz ronca le dio la dirección de la amiga con la que iba a alojarse hasta la graduación. El chófer arrancó, y Trish bajó la vista mientras se alejaban.

El día de la graduación amaneció radiante y caluroso. Trish, ataviada con su birrete y su toga, estaba sudando. Debajo llevaba unos pantalones cortos y su camiseta de Wonder Woman, aunque era una bobada creer que esa camiseta le daría la fuerza suficiente para sobrevivir a todos los discursos de la ceremonia hasta que por fin llegase el momento de subir al estrado y recoger su diploma.

–¿Quién han dicho que es el orador invitado de este año? –le preguntó a la chica que tenía sentada al lado.

–No lo sé. Se suponía que iba a venir Nancy Pelosi, pero he oído que en el último momento dijo que no iba a poder asistir.

–Vaya –murmuró Trish, y tomó un largo trago de su botella de agua.

Mientras el rector de la universidad hablaba de cómo a partir de ese momento todos podrían liberar su verdadero potencial, Trish apenas conseguía prestarle atención. Tenía demasiadas cosas en la cabeza.

El día anterior, cuando estaba en la biblioteca de la facultad, de repente había aparecido Stanley. No sabía cómo había logrado encontrarla, pero le traía tres cheques: uno eran los veinte mil dólares que Nate había prometido pagarle por hacer de niñera un mes; el segundo los doscientos cincuenta mil que le había dicho que donaría a su asociación; y el tercero era un cheque por valor del depósito del alquiler que le había enviado la señora Chan.

–¿Cómo está Nate?, ¿está bien? –le había preguntado–. ¿Y Jane?, ¿cómo está Jane?

–Jane está bien –le había respondido Stanley–. Y Nate… bueno, ha estado mejor.

Entonces le había tendido un sobre acolchado y, disculpándose porque tenía muchas cosas que hacer, se había despedido de ella y se había marchado, dejándola con una incómoda sensación de culpa.

Al abrir el sobre se había encontrado el móvil que Nate le había comprado, junto con el cargador. El teléfono estaba cargado y encendido, y tenía un mensaje de texto de Nate que decía: «Por si quisieras llamarme; por si hubieras cambiado de idea». Trish se había quedado mirando la pantalla un buen rato, pero al final lo había guardado en el bolso.

Luego había ido al banco a ingresar el dinero y había decidido que para ir a ver a su familia, ahora que ya no era tan pobre como antes, por una vez podía permitirse ir en avión. Solo podría llegar hasta Rapid City, donde tendría que tomar un autobús hasta la reserva, pero siempre sería mejor que un largo viaje de varias horas en autobús.

Y cuando llevase unos días en Pine Ridge… bueno, ya iría viendo sobre la marcha qué haría. No tenía planeado quedarse en la reserva, pero ya no tendría un apartamento en San Francisco al que volver.

Y ahora que había terminado sus estudios, ya no habría nada que la uniese a la ciudad… excepto Nate. Tal vez podría empezar de nuevo en otra ciudad, en algún sitio donde pudiese encontrar un alquiler barato. O… o podría volver con Nate. Si es que él no había cambiado de idea.

«Te esperaré», le había dicho antes de cerrarle la puerta del coche. Ella quería creerle, pero al mismo tiempo tenía miedo de hacerse esperanzas, de creer que de verdad podían tener un futuro.

Porque… ¿cómo podrían funcionar las cosas entre ellos cuando ella ni siquiera tenía un trabajo? Si volvía con él, quería entrar por la puerta siendo una mujer independiente y autosuficiente; no quería volver con él porque no tenía donde caerse muerta.

Tan abstraída estaba en sus pensamientos que cuando anunciaron al orador invitado, no oyó su nombre. Sin embargo, la gente a su alrededor empezó a silbar y a aplaudir, y cuando levantó la vista vio que la persona que había salido al estrado y estaba estrechando la mano del rector era… ¡Nate! El corazón le palpitó con fuerza.

«¡Ay, Dios!», fue lo único que le dio tiempo a pensar mientras él se acercaba al micrófono. ¿Qué estaba haciendo allí? Aquello no podía ser una coincidencia. ¿O sí? No, estaba segura de que no lo era, que estaba allí por ella.

–¡Felicidades, licenciados! –exclamó, con una de esas sonrisas que indicaban que estaba nervioso–. Sé que estaréis todos decepcionados porque la congresista Pelosi no haya podido venir, pero lo pasé tan bien la última vez que vine aquí a dar una conferencia hace un par de meses, que cuando supe que necesitaban un orador para la ceremonia de graduación, me ofrecí voluntario –dijo, haciendo reír a todo el mundo–. En fin, el caso es que hoy quería hablaros del poder que hay dentro de cada uno de vosotros –continuó–. Puede que estéis ahí sentados, preguntándoos ¿y ahora qué?, y sí, puede que no tengáis un trabajo, y puede que no tengáis novio, o novia, o puede que tuvierais una relación y hayáis roto…

Trish tragó saliva.

–El caso es que, puede que ahora mismo penséis que no tenéis el poder necesario para cambiar las cosas: para encontrar un trabajo tal y como está la economía, o para encontrar a vuestra media naranja, o para llegar a hacer algo que cambie el mundo. Pero he venido a deciros que eso no es verdad. En este último mes he tenido la oportunidad de tratar a una compañera vuestra que hoy se gradúa también. Su nombre es Trish Hunter.

Mientras hablaba, paseó la mirada por entre los estudiantes hasta que sus ojos se posaron en ella y al instante se dibujó una sonrisa en sus labios. Se alegraba de verla. Trish se notaba algo mareada, tal vez porque estaba conteniendo el aliento. ¿Pero qué pretendía Nate con todo aquello?

–Me impresionó su inteligencia –prosiguió él–, pero me impresionó aún más su dedicación a la asociación benéfica que creó y que dirige, Un Niño, un Mundo, una asociación que proporciona material escolar y alimentos a los niños que viven en situación de pobreza en la reserva india de Pine Ridge, en Dakota del Sur.

Trish lo miraba boquiabierta. Tal vez le había dado un golpe de calor y estaba alucinando o algo así. Nate estaba allí... Estaba allí de verdad, y estaba... estaba luchando por ella. Nadie había luchado nunca por ella.

Y entonces le vino a la memoria algo que Tim, su padrastro, le había dicho la última vez que habían hablado. Eso de que el amor lo había cambiado, de que el mero hecho de tener a tu lado a la persona que amabas te hacía feliz, y que llegaba un punto en tu vida en que te dabas cuenta de que esa clase de cosas no eran ninguna pequeñez.

El recuerdo de esas palabras hizo que tuviera una revelación. Su madre, esa mujer alocada y descuidada que iba detrás de cualquier hombre, llevaba casi siete años casada con Tim, un tipo decente, y si seguían juntos era porque, a pesar de los problemas, se completaban el uno al otro y eran felices juntos.

El propio Nate, antes de que ella se fuera, le había dicho que la hacía feliz, que con ella a su lado se sentía en paz con el mundo.

Y Tim tenía razón: aquello no era ninguna pequeñez. No, era algo muy importante; podría ser que lo fuera todo para ella.

—Y por eso —concluyó Nate—, me alegra poder hacer hoy aquí dos anuncios. El primero es que la Fundación Longmire va a establecer un programa de becas para estudiantes nativos americanos que quieran matricularse en esta universidad. Y el segundo es que hoy mismo he hecho efectiva una donación de diez millones de dólares a Un Niño, un Mundo para ayudar a preparar a esos estudiantes desde niños, para que puedan ir a la universidad y llegar aún más lejos.

Trish se levantó como un resorte para gritarle: «¿Te has vuelto loco? ¿Pero qué estás haciendo?», pero de su garganta no salió ningún ruido.

–¡Ah, sí, ahí está! –exclamó Nate–. Por favor, démosle un fuerte aplauso a la señorita Hunter por sus esfuerzos y su dedicación.

Todo el mundo se levantó para aplaudirla y vitorearla, pero ella estaba tan aturdida que no podía apartar los ojos de Nate, que se inclinó hacia el micrófono antes de abandonar el escenario y dijo:

–Señorita Hunter, espero poder hablar con usted después de que reciba su diploma. Gracias a todos, y enhorabuena de nuevo.

Para Trish el resto de la ceremonia se convirtió en una nebulosa. Luego apenas recordaría que la hubieran llamado por su nombre, como al resto de los alumnos, solo que se había levantado de su asiento como un autómata y había subido al escenario, donde el rector y los profesores le habían estrechado la mano y le habían entregado su diploma.

Ya terminada la ceremonia un profesor le puso la mano en el hombro, sacándola del enjambre de alumnos que charlaban y reían entusiasmados.

–¡Qué emoción! –le decía mientras la conducía a donde la esperaba Nate, a un lado del escenario–. Ha sido una noticia magnífica saber que el señor Longmire va a poner en marcha ese programa de becas gracias a su inspiración.

Nate estaba guapísimo, con una impecable camisa blanca, corbata azul y unos pantalones grises, y de pronto Trish recordó que debajo de la toga iba en pantalón corto y camiseta, otra muestra de que pertenecían a mundos distintos.

—¿Pero qué es lo que has hecho? —le espetó cuando el profesor los hubo dejado a solas, tras reiterarle a ella su enhorabuena y a Nate su agradecimiento por haber participado en la ceremonia.

Él sonrió de un modo travieso, como si hubiera esperado que dijera eso.

—Eliminar el dinero de la ecuación —respondió.

—¿Dándome diez millones de dólares? ¿Es que te has vuelto loco? Eso no es eliminarlo de la ecuación; ¡es todo lo contrario!

—Pues claro que no. He donado ese dinero a tu asociación, sin condiciones de ningún tipo. Y de ese dinero podrás asignarte un salario como directora de la asociación y hacer realidad todas las cosas que querías hacer en la reserva: canchas de baloncesto, ordenadores para los colegios, meriendas… Todo.

Trish se emocionó al ver que recordaba todo lo que había dicho que aspiraba a poder hacer.

—Esto es una locura, Nate. No puedo aceptar todo ese dinero así como…

—Lo único que he hecho ha sido destinarlo a una causa que lo merece. Para eso creé la fundación.

—Pero… pero…

—Lo que quería era darte la posibilidad de elegir.

—¿Cómo?

—Quiero que vuelvas conmigo —le dijo Nate—, pero no quiero que sientas que no podemos tener una relación de igual a igual, que soy yo quien tiene el control —le explicó—. Por eso he decidido donar ese dinero a tu asociación: yo no lo necesito, y tú podrás hacer mucho bien con él además de pagarte a ti misma un salario. Aunque, conociéndote, estoy seguro de que no será mucho –añadió con una sonrisa.

–No acabo de ver de qué modo se supone que eso es darme la posibilidad de elegir –insistió ella.

Nate le acarició la mejilla.

–Ese dinero es para tu asociación. No te lo doy bajo la condición de que vuelvas conmigo, y aunque intentaras devolvérmelo, no lo aceptaría. Decidas lo que decidas hacer, ese dinero es para la asociación. Así, si decides volver conmigo, será libremente. Y con ese dinero no tendrás que depender de mí. Es lo que querías, ¿no?

–Sí, es lo que quería, pero eso no cambia el hecho de que eres tú quien me ha dado ese dinero.

–Dudo mucho que a esos chavales de la reserva les importe de dónde viene el dinero –respondió Nate–. Y me parece que hay algo que estás pasando por alto: he dicho «si decides volver conmigo». Es tu elección; siempre lo ha sido.

–Nate…

–Fui yo quien metió la pata cuando te pedí que te quedaras –continuó él–. Un buen negociador siempre tiene en cuenta lo que quiere la otra parte, y lo que tú querías al principio, cuando te propuse contratarte como niñera, era fondos para tu asociación. Yo lo vi claro y te los di porque necesitaba desesperadamente a alguien que me ayudara con Jane. Pero luego… debí darme cuenta de que ya no era eso lo que buscabas, igual que yo ya no te quería a mi lado solo porque necesitara una niñera. Creo que esperabas una promesa por mi parte –dijo hincando una rodilla en el suelo–, que esperabas que te prometiera que respetaría tus deseos, que te respetaría a ti… sin poner condición alguna. Me equivoqué, pero me gustaría que me dieras la oportunidad de enmendarme.

Metió la mano en el bolsillo de su pantalón y sacó una cajita de terciopelo azul. Trish contuvo el aliento mientras la abría, dejando al descubierto un anillo de plata con un diamante engarzado en él.

—Trish, ¿quieres casarte conmigo?

Ella parpadeaba y lo miraba boquiabierta, incapaz de articular palabra.

—Yo quiero casarme contigo, y espero que tú también quieras casarte conmigo —le dijo Nate, y luego, con una sonrisa nerviosa, añadió—: Porque si las personas no quieren, difícilmente puede funcionar.

—Pero es que… es que iba a ir a ver a mi familia… —balbució ella aturdida.

—Y yo quiero que vayas —respondió él, levantándose. Tomó la mano de Trish y le puso el anillo—. Piénsatelo todo el tiempo que necesites. No quiero que vuelvas conmigo porque estés preocupada por Jane o porque creas que me debes algo. No quiero que dejes de ser como eres. En el tiempo que has estado con nosotros me has hecho sentir como una persona de verdad, Trish, no como la caricatura del informático multimillonario en la que me han convertido los medios.

—Para mí no eres eso —le dijo ella con un nudo en la garganta—. Para mí eres simplemente Nate, un hombre maravilloso. Pero es que… tengo miedo. Contigo me siento tan bien… tan a gusto… que me asusta. Me asusta porque sé que podría quererte… muchísimo —inspiró profundamente—. Y te quiero. Me has demostrado que hay hombres buenos, hombres que no son crueles, que no te dejan tirada, hombres que permanecen a tu lado y que hacen lo correcto aunque sea difícil, aunque…

—Aunque les asuste –la interrumpió Nate–, como hacerme cargo de un bebé –la tomó de la mano y apoyó su frente en la de ella–. Por cierto, que contraté a la abuelita polaca. Es muy eficiente. Lo digo para que te quede claro que no te estoy pidiendo que vuelvas para que hagas de niñera –añadió con una sonrisa–. Lo que te estoy pidiendo es que seas mi esposa.

Trish, con los ojos llenos de lágrimas, se puso de puntillas, agarrándose a sus hombros, y lo besó.

Él la rodeó con sus brazos, estrechándola con fuerza, y de pronto fue como si todo estuviera bien sencillamente porque, como Tim había dicho, Nate estaba allí, con ella, y el tenerlo a su lado la hacía feliz.

—Te he echado muchísimo de menos –le susurró al oído–. Ya estaba pensando en llamarte cuando llegara a casa de mi madre.

Nate la abrazó aún con más fuerza.

—Yo no podía esperar para volver a verte. No podía dejarte marchar sin que supieras cuánto te quiero. Quiero que vuelvas con Jane y conmigo, pero quiero que sea porque sientas que a nuestro lado es donde está tu hogar.

—Es lo que siento –murmuró ella, echándose hacia atrás para mirarlo–. Y tienes razón, el amar a otra persona no implica que tengas que dejar de ser tú.

Nate la tomó de la barbilla y, mirándola a los ojos, le dijo:

—Mi corazón te pertenece, Trish, y quiero pasar contigo el resto de mi vida. ¿Querrás ser mi esposa?

Aquello era lo que quería, saber que el amor no la destruiría como le había pasado tantas veces a su madre, saber que Nate iba a luchar por ella, por los dos.

–Sí, Nate, me casaré contigo.

Nate la besó, y fue un beso cargado de pasión y de promesas.

–Ven a casa, Trish –le pidió cuando despegó sus labios de los de ella–, y mañana prepararemos tu viaje a la reserva. ¿Te parece?

Ella asintió.

–De acuerdo, mañana –dijo, y con una sonrisa traviesa, añadió–: Pero esta noche…

Él la besó de nuevo.

–Esta noche es nuestra –murmuró.

Y esa era otra promesa que Trish estaba segura que iba a cumplir.

Bianca

Era la novia más apropiada para el siciliano...

Hope Bishop se queda atónita cuando el atractivo magnate siciliano Luciano di Valerio le propone matrimonio. Criada por su adinerado pero distante abuelo, ella está acostumbrada a vivir en un segundo plano, ignorada.

Pero las sensuales artes amatorias de Luciano la hacen sentirse más viva que nunca. Hope se enamora de su esposo y es enormemente feliz... ¡hasta que descubre que Luciano se ha casado con ella por conveniencia!

UN AMOR SICILIANO

LUCY MONROE

Acepte 2 de nuestras mejores novelas de amor GRATIS

¡Y reciba un regalo sorpresa!

Oferta especial de tiempo limitado

Rellene el cupón y envíelo a

Harlequin Reader Service®
3010 Walden Ave.
P.O. Box 1867
Buffalo, N.Y. 14240-1867

¡Sí! Por favor, envíenme 2 novelas de amor de Harlequin (1 Bianca® y 1 Deseo®) gratis, más el regalo sorpresa. Luego remítanme 4 novelas nuevas todos los meses, las cuales recibiré mucho antes de que aparezcan en librerías, y factúrenme al bajo precio de $3,24 cada una, más $0,25 por envío e impuesto de ventas, si corresponde*. Este es el precio total, y es un ahorro de casi el 20% sobre el precio de portada. ¡Una oferta excelente! Entiendo que el hecho de aceptar estos libros y el regalo no me obliga en forma alguna a la compra de libros adicionales. Y también que puedo devolver cualquier envío y cancelar en cualquier momento. Aún si decido no comprar ningún otro libro de Harlequin, los 2 libros gratis y el regalo sorpresa son míos para siempre.

416 LBN DU7N

Nombre y apellido	(Por favor, letra de molde)
Dirección	Apartamento No.
Ciudad	Estado Zona postal

Esta oferta se limita a un pedido por hogar y no está disponible para los subscriptores actuales de Deseo® y Bianca®.
*Los términos y precios quedan sujetos a cambios sin aviso previo.
Impuestos de ventas aplican en N.Y.